LA FUITE DU
VOLEUR
DE FEU

Catalogage avant publication de Bibliothèque et Archives nationales
du Québec et Bibliothèque et Archives Canada

Deary, Terry

La fuite du voleur de feu

(Le voleur de feu ; 2)
Traduction de : *Flight of the fire thief.*
Pour les jeunes de 12 ans et plus.

ISBN 978-2-89000-982-0

I. Labbé, Guillaume. II. Titre.

PZ23.D42Fu 2008   j823'.914   C2008-940680-X

POUR L'AIDE À LA RÉALISATION DE SON PROGRAMME ÉDITORIAL, L'ÉDITEUR REMERCIE :
Le gouvernement du Canada par l'entremise du Programme d'aide au développement de l'industrie
    de l'édition (PADIÉ) ; la Société de développement des entreprises culturelles (SODEC) ;
    l'Association pour l'exportation du livre canadien (AELC).
Le gouvernement du Québec - Programme de crédit d'impôt pour l'édition de livres -
    Gestion SODEC.

Version original : *Flight of the fire thief*
Copyright © Macmillan children's Books 2006/7

Illustration de la page couverture : © David Wyatt 2006
Traduction : Guillaume Labbé
Révision : Denis Poulet, François Roberge
Infographie : Jean-François Broquet, Annabelle Gauthier
Éditeur : Antoine Broquet

Pour l'édition en langue française : Copyright © Ottawa 2008 Broquet inc.
Dépôt légal — Bibliothèque et Archives nationales du Québec
3ᵉ trimestre 2008

Imprimé au Canada

ISBN 978-2-89000-982-0

TERRY DEARY

LA FUITE DU
VOLEUR
DE FEU

Broquet

97-B, montée des Bouleaux, Saint-Constant, Qc, Canada, J5A 1A9
www.broquet.qc.ca   info@broquet.qc.ca
Tél. : 450 638-3338   Téléc. : 450 638-4338

UN

GRÈCE – IL Y A ENVIRON 4 000 ANS

Je ne me trouvais pas personnellement sur place, mais j'ai rencontré quelqu'un qui sait exactement ce qui s'est passé à cette époque. Vous devez avoir confiance en moi quand je vous dis que chaque mot de cette histoire est vrai… fort probablement. D'accord, BEAUCOUP de choses sont vraies. J'ai peut-être dû inventer des petits bouts pour remplir les trous afin que tout soit compréhensible. Oui, vous verrez que je raconte bon nombre de mensonges, mais les menteurs sont les seules personnes en qui vous POUVEZ avoir confiance en ce monde.

Zeus était assis sur un nuage.

Il est possible de faire ce genre de chose quand vous êtes un dieu grec, mais VOUS ne devriez pas l'essayer. Vous auriez besoin d'une très longue échelle pour atteindre un nuage et passeriez probablement à travers dès que vous y poseriez les pieds. Cela peut être très pénible, surtout si quelqu'un se promène en dessous.

Il n'y a que les gens spéciaux comme mon papa et moi qui pourraient mettre les voiles vers le ciel et survoler les nuages. Comment pourrais-je y arriver? Attendez et vous verrez.

Où en étais-je? Ah oui, Zeus sur son nuage. Il portait une paire d'ailes et était la chose la plus belle qu'il était possible de voir, au point que les belles personnes ordinaires (comme vous et moi) ne pouvaient supporter de le regarder[1].

La femme de Zeus, Héra, était assise à ses côtés, et elle n'était pas aussi belle à voir, car elle avait un air renfrogné. Son nez était plissé comme le dos d'une chenille et ses lèvres étaient aussi minces qu'une patte de fourmi.

— Tu m'avais promis une journée de vacances, dit-elle hargneusement.

— C'est une journée de vacances, ma chérie, répondit Zeus en souriant. Une mer bleutée et des kilomètres de plages sablonneuses.

— La plage est couverte de cadavres humains! hurla-t-elle.

— Il y a une guerre en cours, ma belle, dit son mari en haussant les épaules. Nous pouvons nous asseoir et la regarder comme ces humains le font avec leurs pièces de théâtre.

Héra fit la moue.

— Je ne sais pas ce que tu veux dire. Tu ne m'emmènes jamais au théâtre.

— C'est la vraie vie… en bien plus amusant, argumenta-t-il. Nous pouvons même y participer.

—Tu es trop pingre pour m'emmener au théâtre. Tu es si pingre que tu volerais une mouche morte à une araignée aveugle.

— Seulement si tu avais faim, murmura-t-il.

Héra ne l'entendit pas. C'était mieux ainsi.

---

1   «Ah! dites-vous. Pas plus tard que la semaine dernière, j'étais sérieusement affamé, et un sandwich au fromage fut la chose la plus belle que je n'avais jamais vue. Plus belle encore qu'un dieu grec!» Tout ce que je peux dire, c'est que si vous ne cessez de m'interrompre de la sorte, je ne pourrai jamais poursuivre mon histoire. Alors, cessez d'argumenter et poursuivez votre lecture.

— La cité pue, dit-elle. Les gens puent. Je ne sais pas pourquoi tu n'envoies simplement pas un éclair vers la Terre pour brûler la cité entière. Un bon feu la nettoierait.

— Oh, le feu, dit Zeus en inclinant la tête ! Ils n'ont pas besoin de mon feu. Les humains peuvent se faire du feu eux-mêmes.

Héra se tourna vers lui avec un visage aussi déluré que celui d'une mégère.

— Et qui leur a *donné* le pouvoir du feu ?

— Je sais, soupira Zeus.

Héra tapota le nuage et lui redonna du volume pour améliorer son confort.

— Je t'ai posé une question, Zeus. Qui leur a donné le feu ?

— Mon cousin Prométhée, dit Zeus en fermant les yeux. Il regretta aussitôt d'avoir mentionné ce nom.

— Oui, ton cousin Méthée ! Il a volé le feu des dieux et l'a donné à ces petites choses rampantes, combattantes et *puantes* que sont les humains.

— Ne reviens pas sur ça. Je l'ai puni… commença Zeus.

— Oh, tu l'as *puni*. Tu l'avais fait enchaîner à un rocher. Et chaque jour, le Vengeur prenait la forme d'un aigle et venait lui arracher le foie. Quel genre de punition est-ce donc ? dit Héra sur un ton hargneux qui provoqua le crépitement de petits éclairs dans le nuage.

— Son foie se reformait chaque nuit, de sorte qu'il devait subir cette agonie tous les jours pendant 200 ans… argumenta Zeus, qui se fâchait au même rythme que le nuage s'assombrissait.

— Mais qu'est-il arrivé ? Hein ? Qu'est-il arrivé ? se moqua Héra. Tu l'as laissé s'échapper !

— Je ne l'ai pas exactement *laissé*…

— D'accord. Tu as laissé Héraclès le *sauver*. Ça revient au même. Et où est Méthée maintenant ? Il se cache. Il a voyagé à travers le temps et l'espace, et il pourrait être n'importe où. Le pauvre petit Vengeur a usé ses ailes à tenter de le retrouver !

— *Pauvre* ? *Petit* ? C'est un grand oiseau magnifique avec le bec le plus acéré de ce côté du mont Olympe. Ses serres peuvent déchirer la peau d'un rhinocéros…

— N'argumente pas avec moi, Zeus. Tu perds toujours, dit Héra en secouant la tête. Méthée a donné le feu aux humains et il s'en est sorti. J'espère seulement que le Vengeur le trouvera un jour. Il est encore en train de le chercher !

Zeus s'appuya sur un coude.

— J'ai *vraiment* fait une promesse à Méthée, ma chère. Je lui ai lancé un défi. Je lui ai dit que je lui pardonnerais s'il parvenait à trouver un véritable héros humain !

Héra grogna… et elle fronça le nez lorsque la puanteur de la cité s'infiltra dans ses narines.

— Il échouera. Il ne trouvera jamais de héros humain. Le Vengeur trouvera Méthée en premier.

— Le Vengeur sera quelque peu occupé, ma chérie, dit Zeus en jetant un coup d'œil par-dessus le rebord du nuage à la cité bordée par la mer. Il y aura de nombreux guerriers ici qui devront être dirigés vers Hadès et les Enfers. J'en ai marre de cette guerre de Troie.

— Tu as l'esprit étroit, dit Héra en riant amèrement. Tu te lasses rapidement de tout.

— J'ai dit *Troie*, pas *étroit*, renifla Zeus. Ça fait maintenant *10 ans* que les Grecs tentent de prendre cette cité. Je ne considère donc pas que je m'en lasse *rapidement* ! *Dix ans* !

Héra se retourna et se retrouva sur son ventre à côté de son mari. Les dieux tournèrent leurs regards vers le bas.

À l'intérieur des murs de leur cité, les Troyens en loques marchaient dans les rues en se traînant les pieds, amaigris et épuisés par cette guerre sans fin. On avait pu acheminer de la nourriture dans la cité par des tunnels secrets et des portes dérobées pour leur permettre de tenir pendant 10 ans. Les puits d'eau potable sans fond ne tariraient jamais. Le courage des gens était cependant aussi usé que leurs vêtements. Ils souhaitaient retrouver la liberté. Être libérés de cette cité qui était devenue une prison, libérés de la crainte que les murs de cette prison finissent par tomber et laissent entrer la mort sous toutes ses formes.

Il n'y avait aucun rat dans la cité de Troie. Ils avaient tous été mangés depuis longtemps.

Mille bateaux grecs reposaient et pourrissaient sur le rivage brûlant. Des tentes en lambeaux se dressaient en grand nombre, décolorées et rapiécées, et leurs rabats s'agitaient dans le vent chaud qui soufflait sur le sable doux. Des soldats voûtés étaient assis sur des rochers, polissant leurs armes abîmées pour la trois mille six centième fois, tout en pensant ardemment à leurs foyers.

— Alors, que feras-tu à son sujet, mon mari? demanda Héra.

— Je vais y mettre un terme, dit Zeus.

Héra hocha la tête.

— Aimerais-tu que je te dise qui va en sortir vainqueur?

Les épaules de Zeus se relâchèrent.

— Tu vas me le dire de toute façon.

Un petit sourire naquit sur le visage d'Héra, on aurait dit un chat qui venait de glisser ses moustaches dans un bol de lait.

— Les Grecs vont entrer dans la cité. Ils vont tuer ce prince pathétique qu'est Pâris et son affreuse Hélène.

— Je me doutais bien que tu dirais cela, murmura Zeus.

Héra nourrissait une grande rancune contre Pâris et Hélène. Dix ans auparavant, les déesses avaient tenu un concours de beauté dont le prince Pâris était le juge. Héra lui offrit de devenir le maître de l'Asie entière. Athéna, la déesse de la guerre, lui offrit de sortir victorieux de toutes les batailles auxquelles il participerait. Aphrodite, la déesse de l'amour, lui offrit en cadeau la femme la plus belle du monde. Et chacun savait que c'était Hélène de Sparte.

Pâris choisit Aphrodite comme gagnante et se vit accorder la main d'Hélène. Héra choisit de bouder.

— Je déteste Hélène ! Je la déteste, je la *déteste*, je la DÉTESTE ! cria-t-elle.

— Tu ne l'aimes donc pas ? dit Zeus avec un sourire.

— Je ne peux pas te DIRE à quel point je la déteste, hurla-t-elle avec une telle force que le nuage trembla et laissa s'échapper une ondée sur les têtes poussiéreuses des Troyens.

— Ce n'est *pas* la plus belle femme du monde – ses cheveux sont trop raides, son nez est trop court, et quant à ses oreilles… Eh bien, qu'est-ce que je peux dire d'une femme avec des oreilles comme ça ?

— Et elle s'est mariée avec Ménélas, bien sûr, ajouta Zeus, ce qui alimenta la colère de sa femme.

— Oh oui ! Une femme infidèle. Mariée avec le pauvre roi Ménélas, elle est tout de même partie en courant avec Pâris de Troie.

Les lèvres d'Héra formèrent un sourire méprisant.

— Son émoi de Troie ! dit-elle en semblant heureuse de sa trouvaille. Et tu vois tous les ennuis qu'elle a causés, ajouta-t-elle en désignant de la main la scène qu'ils dominaient de leur nuage. Mille bateaux et 50 000 soldats ont été mobilisés pour la ramener en Grèce. Moi, je la laisserais pourrir à Troie. Juste à l'odeur, on sent que cet endroit pourrit déjà.

Zeus renifla et hocha la tête.

Héra se tourna rapidement vers lui.

— Alors ? Pour qui prendras-tu parti ? Si tu laisses *Troie* vaincre, je te ferai souhaiter de vivre dans les Enfers avec toutes les tortures que les humains subissent en ce lieu après la mort.

Zeus leva ses mains puissantes devant lui.

— Oh, ne t'inquiète pas, ma femme ! Troie *perdra* parce que la vieille malédiction dit que Pâris provoquera la destruction de la cité. Or, nous ne pouvons contrer les vieilles malédictions.

— La vieille malédiction dit aussi que le héros grec Achille mourra à Troie.

Elle pointa du doigt les tentes grecques sur les plaines de Troie.

— Il est toujours vivant[2].

Zeus se frotta les yeux avec lassitude.

— Oui, il y a tant de choses à faire… Je ne sais pas par où commencer.

— Fais quérir le Vengeur, dit Héra. Il sera utile de pouvoir compter sur lui lorsque Pâris et Achille seront tués. Le Vengeur peut les conduire directement aux Enfers.

Zeus hocha la tête, porta ses doigts à ses lèvres et poussa un sifflement qui secoua les murs de Troie. Il fit également bourdonner les oreilles d'Héra.

— Tu étais obligé de faire ça?

— Je dois faire quérir Hermès, notre messager.

— Vrai. Tu dois *ensuite* faire en sorte qu'Achille meure… et t'assurer *ensuite* que les Grecs entrent dans la cité de Troie et tuent Pâris.

Zeus hocha lentement la tête.

— Oui, c'est ce que je dois faire, acquiesça-t-il.

Héra gonfla ses joues et souffla avec fierté, ce qui fit s'abattre une tempête de sable sur la plage et déchira de nouveau les tentes nouvellement rapiécées.

— Pfft! Je ne sais honnêtement pas ce que tu ferais sans moi, Zeus, dit-elle.

— J'aimerais bien avoir la chance de le découvrir, murmura-t-il.

---

2   Héra et Zeus pouvaient VOIR Achille errer dans le campement parce qu'ils avaient une excellente vision. Si vous pouviez voler, comme moi, vous verriez les gens au sol comme s'ils étaient de la taille des fourmis. Les dieux avaient cependant des yeux aussi puissants que des télescopes ou des jumelles. Incroyable, mais vrai!

— Qu'est-ce que tu as dit?

— J'ai dit, ma chérie, que je crois que tu viens d'éteindre quelques sourires!

— Éteindre quelques sourires? Mais à quel jeu joues-tu, Zeus?

— Mais je ne joue à rien, chérie, dit le puissant dieu en se retournant après avoir entendu un battement d'ailes.

Un jeune homme venait d'atterrir sur le nuage, portant une sacoche à sa taille. Il tenait une baguette de bois autour de laquelle des serpents étaient enroulés. Il avait des ailes sur ses sandales, des ailes sur son casque et un regard contrarié.

— Oh, voici Hermès! dit Zeus.

— Que veux-tu cette fois, mon cher beau-père crasseux? soupira Hermès.

Zeus prit une grande inspiration et conserva son calme. Ce n'était pas facile.

— Je veux que tu trouves le Vengeur et que tu l'emmènes à Troie.

Hermès rejeta sa baguette sur le nuage, et les serpents, choqués par ce geste, sifflèrent pour lui faire part de leur surprise.

— Oh! Il veut que je trouve le Vengeur. Juste comme ça? Je dis bien juste comme ça?

Zeus donna un coup de poing dans le nuage d'un geste de colère… mais donner des coups de poing aux nuages n'apporte rien de bon. Il se mit à parler rapidement d'une voix basse et colérique.

— Hermès, tu es le messager des dieux et c'est ton travail de prendre des messages. Pourrais-tu cesser de te plaindre et faire ce pour quoi tu es payé?

Hermès cligna des yeux.

— Payé? Quand m'as-tu déjà *payé*? Je cours toujours partout avec mes pieds ailés du matin au soir et du soir au matin, et non *seulement* je ne suis jamais payé pour ça, mais je ne reçois même pas de *remerciements*. La seule chose que je récolte, ce sont des cris!

Il tira l'ourlet de sa tunique et s'y moucha le nez.

— Tu as fait pleurer Hermès à présent, gémit Héra. Dis que tu es désolé, Zeus.

— Tu es désolé, Zeus, grommela le dieu avant de se tourner vers le messager pleurnichant.

— Hermès, s'il te plaît, fais cette petite chose pour moi et je serai tellement reconnaissant que jamais plus je ne crierai à tes oreilles.

— C'est promis? renifla Hermès.

— C'est promis, dit Zeus. Le Vengeur voyage dans le temps à la recherche de notre cousin Méthée. La dernière fois qu'on les a vus, Méthée et le Vengeur étaient dans un endroit connu sous le nom de cité d'Éden, à une époque que les humains nomment 1858.

— Dans le temps? Je dois voyager dans le temps? hurla Hermès.

— Nous t'en serons très reconnaissants, lui dit Héra. Nous ferons une fête spéciale en ton honneur à ton retour.

Le visage d'Hermès s'illumina.

— Une fête? Avec des petits gâteaux?

— Oui, mon petit chéri, dit Héra.

Elle ramassa la baguette sifflante et la lui rendit.

— Pars maintenant à travers le temps. Dis au Vengeur que nous sommes à Troie.

Les ailes d'Hermès se mirent à battre comme celles d'une abeille, et c'est ce moment que Zeus choisit pour lui faire un signe de la main en lui disant:

— Je te souhaite du bon *temps*!

Héra se frotta les mains.

— Ce problème est résolu. Maintenant… de quelle *façon* t'y prendras-tu pour tuer Achille? demanda-t-elle.

Zeus sourit d'un air satisfait.

— J'ai un petit plan plutôt astucieux, ma chérie. Un plan brillant, l'œuvre d'un génie, et je me surprends même de l'avoir élaboré.

— Hmm! dit Héra. Nous verrons bien.

Quelque part, tout juste au-delà de l'étoile la plus éloignée, le demi-dieu grec Prométhée planait avec ses ailes blanches.

Il était bien seul là-haut. Il se dirigea vers la maison.

DEUX

EAST RIVER – 1795

Cette fois, J'Y ÉTAIS vraiment. Il s'agit de mon histoire, alors je sais que c'est arrivé. Je n'étais qu'une fillette de 12 ans à l'époque, mais je m'en souviens comme si c'était hier... même si ces événements remontent à plus de 60 ans. Je prends peut-être de l'âge, mais il y a de ces choses qu'on n'oublie JAMAIS. Et de servir de projectile à mon propre papa est l'une de ces choses...

Je détestais quand Papa m'utilisait comme projectile. Il le faisait parfois deux fois par jour et j'avais ensuite mal partout.

Ce ne fut pas différent des autres fois lors de cet après-midi venteux dans la cité d'East River. J'étais debout depuis l'aube à lui donner un coup de main pour remplir le ballon d'air chaud. Au début de l'après-midi, il était plus grand qu'un bâtiment de 10 étages et il y avait une forte tension dans les cordes qui le retenaient au sol dans le parc de la cité.

Papa avait peint le ballon en papier blanc avec des bandes rouges et de grandes lettres noires qui annonçaient au monde entier la présence du *Docteur Dee et son stupéfiant Carnaval des dangers* !

Les habitants de la cité d'East River ne pouvaient le manquer et commençaient à se rassembler dans le parc. Le nez coulant, les enfants formaient des files d'attente pour acheter mes pommes au sirop ou mes cannes à sucre, mon maïs soufflé et mes dragées.

— Nous devrions faire payer les gens pour qu'ils puissent voir notre spectacle, ronchonnai-je un jour[3].

— Ce n'est pas nécessaire, Nellie, dit-il en riant. Si les gens devaient payer pour nous voir, ils ne viendraient pas. Dites-leur qu'ils auront droit à quelque chose de tout à fait *gratuit* et ils viendront en masse. Il est alors bien plus facile de leur soutirer leur argent lorsqu'ils viennent nous voir ! Les gens sont des bonnes poires, tu sais, dit-il en se tapotant le côté du nez.

Il faisait ce geste pour démontrer qu'il était l'homme le plus intelligent du monde. Ce n'était pas le cas.

Nous faisions donc notre argent en vendant de la nourriture de mauvaise qualité cinq fois plus cher que ce qu'elle nous coûtait et en passant un chapeau dans la foule après chaque prouesse dangereuse. Les gens payaient. Je me souviens de cet après-midi-là et de l'enfant qui portait un costume de marin.

— Hé ! dit-il en poussant un cri rauque. J'ai croqué dans cette pomme et j'ai trouvé un ver !

— Hou là ! haletai-je. Tu es un garçon très, mais très chanceux ! C'est une pomme rare que tu as là.

---

3   Je ronchonnais assez régulièrement. Ce n'est PAS parce que je suis ronchonneuse de nature, mais plutôt parce que Papa me donnait beaucoup de raisons de ronchonner. Si votre papa vous tirait au canon deux fois par jour, alors VOUS ronchonneriez et vous plaindriez beaucoup plus que moi. Vous m'avez l'air d'un chialeux et d'un bougonneux, alors que je ne vous voie pas protester si je ronchonne de temps en temps !

— Ah oui ?

— Eh bien, oui. Seule une pomme sur cent contient un ver magique à l'intérieur. Nous faisons habituellement payer double prix pour des pommes avec un ver magique à l'intérieur.

— Un ver magique ? Qu'est-ce qu'il permet de faire ? demanda l'enfant.

— Faire ? Eh bien… il… il… il a le pouvoir de te rendre invisible, lui dis-je.

Il baissa les yeux sur son costume de marin.

— Je peux encore me voir, argumenta-t-il.

— Oh, c'est que tu dois attendre jusqu'à minuit pour ensuite demander gentiment au ver de te rendre invisible.

Je savais qu'à minuit nous serions à des kilomètres de là et qu'il n'obtiendrait jamais son remboursement. La règle de Papa était de ne jamais rembourser les bonnes poires.

L'enfant regarda la pomme.

— Mais j'ai coupé le ver en deux, dit-il en fronçant les sourcils.

— Oh ! Quel dommage ! Tu ne pourras jamais devenir invisible, soupirai-je. Tu aurais vraiment dû être plus prudent, le grondai-je. Maintenant, vas-tu me payer le double du prix pour cette pomme spéciale, ou dois-je dire à ta maman et à ton papa que tu as essayé de filer avec une pomme magique sans la payer en totalité ?

L'enfant devint tout pâle.

— N-non !

Je tendis la main. Sa petite patte tremblante déposa une pièce de monnaie dans la mienne. Il recula ensuite, effrayé comme un lapin dans le bol d'un chien.

Vous plaignez cet enfant, n'est-ce pas ? Papa m'a dit de ne jamais plaindre les bonnes poires. Je suppose toutefois que j'ai une certaine douceur à l'intérieur de ma carapace insensible. Je ne l'avouerais *jamais* à Papa mais, cet après-midi-là, j'ai ressenti un peu de véritable et sincère pitié pour le pauvre petit ver coupé en deux.

La vie est dure.

— Nellie, il est l'heure de fermer le stand et de se préparer pour le spectacle, dit Papa.

— Ne m'appelle pas Nellie, murmurai-je.

— C'est ton nom, mentit-il.

C'est que mon véritable nom est Hélène. Une personne à l'esprit vif a décidé un jour qu'il serait drôle de prononcer ce nom à l'envers, et c'est ainsi que les filles qui s'appellent Hélène sont souvent appelées Neleh… ou Nellie, sans tenir compte du «e» à la fin. Ça ne me dérangeait pas qu'on m'appelle Hélène et j'aurais pu vivre avec Nell, mais je n'ai jamais aimé Nellie. Si ça ne vous embête pas, je m'appellerai Nell dans cette histoire afin que vous ne me confondiez pas avec une autre Hélène… celle qui avait un visage si magnifique que les Grecs dépêchèrent 1 000 bateaux pour la retrouver[4].

— Appelle-moi Nell, Papa, lui dis-je. Sinon, je ne ferai pas le spectacle.

Il savait que je disais vrai. Papa et moi nous entendions bien, car nous avions appris comment nous y prendre entre nous. Papa pouvait bien dire qu'il avait le Carnaval des dangers le plus stupéfiant du monde, nous savions tous les deux que c'était moi qui faisais les tours les plus dangereux. Il n'était que le forain qui les vendait.

Je ramassai le bout de tissu où reposaient les friandises et le laissai tomber dans la nacelle du ballon. Je vérifiai que le feu sous le ballon fumait comme il faut et m'esquivai pour enfiler mon premier costume. C'était un costume de soie ample avec

4   Oui, cher lecteur, même si 4 000 ans nous séparent, sachez qu'Hélène de Troie et moi nous retrouverons dans la même histoire. Bien sûr, j'étais bien plus jolie qu'Hélène de Troie – vous savez, quand on a 4 000 ans, certaines rides commencent à paraître…

des rayures bleues et jaunes, une moustache noire et des bottines noires.

J'avais besoin de ces bottines pour me protéger les pieds. C'est que servir de projectile à son papa peut faire mal aux talons et se répercuter sur la plante des pieds, qui finissent par être fort endoloris.

Quand je fus prête, Papa grimpa sur une boîte et lança un appel à la foule.

— Bienvenue au stupéfiant Carnaval des dangers du docteur Dee! hurla-t-il.

Papa avait une très bonne voix.

— Cet après-midi, vous verrez mon équipe de courageux acrobates oser défier la mort.

La foule mangeait maintenant dans sa main. Les spectateurs s'étaient apaisés et Papa fut en mesure de baisser le ton.

— En fait, mes amis, je dois vous avertir que certains d'entre eux pourraient ne pas réchapper aux dangers. Il y a des jours où c'est la mort qui gagne. Si vous être troublés par la vue de corps mutilés et de cadavres ensanglantés, alors je vous en prie, prenez le chemin de la maison dès maintenant…

Personne ne quittait les lieux, bien évidemment. Les bonnes poires qui venaient voir nos spectacles *espéraient* être témoins d'un ou de plusieurs désastres. Notre but était de les décevoir. Du moins, c'était le *mien*. Car il n'y avait aucune «équipe» d'acrobates courageux. Il y avait juste moi. La petite Nellie Dee. Je faisais toutes les cascades. Le stupéfiant Carnaval des dangers du docteur Dee, c'étaient Papa et moi. Dissimulée par la nacelle du ballon, je changeais tout simplement de costume et de perruque pendant que Papa retenait l'attention de la foule avec des présentations grandioses.

— Et maintenant, pour ce premier numéro où nous défierons la mort, voici pour vous… directement de Russie… (petite pause volontaire pendant laquelle la foule disait «Oh!»)…

le magnifique... le magistral... le miraculeux... Grégoire...
le-e-e-e-e-e... Grrrrand !

Je m'avançais de quelques pas et m'inclinais avec raideur
devant les foules qui m'acclamaient, tout en me déplaçant rapidement afin que les gens ne puissent pas voir les rubans qui
maintenaient ma moustache en place ou les talons hauts de
mes bottines qui me faisaient paraître plus grande.

Je me tenais près du canon de bois et faisais face à sa sombre bouche. Je la saisissais, me hissais vers elle et plaçais mes
pieds à l'intérieur du tube avant de m'y laisser glisser. Je me
retournais dans le tube obscur en glissant de façon à faire face
au sol. (Je détestais être propulsée du canon sur le dos et me
retrouver les yeux vers les nuages.)

La voix de Papa et les acclamations de la foule étaient
étouffées à l'intérieur. Je savais qu'il mentionnait le danger
que je courais de me briser le cou s'il tirait le coup de canon
et que je ratais le filet de sécurité à l'atterrissage. Papa était un
grand menteur, mais cette partie de son discours était vraie !

Il disait toujours qu'il s'agissait d'un véritable canon rempli de poudre. En fait, c'était un canon de bois muni d'un
gros ressort. Une fois la mèche allumée, elle brûlait un bout
de corde qui retenait le ressort. Quand la corde était calcinée,
le ressort se détendait et me projetait hors du canon. Il y avait
un éclair de lumière doublé d'un coup sec et je volais.

Papa est un charlatan et un imposteur, mais il est très bon
dans son travail. Il s'assurait toujours que je retombe dans le
filet. Il changeait même la puissance du ressort à mesure que
je vieillissais et prenais du poids, et ne faisait jamais d'erreurs.
J'étais trop précieuse. Après tout, où trouverait-il un autre
boulet de canon s'il me tuait ? Particulièrement après ce qui
était arrivé à maman... mais ça, c'est une autre histoire.

Il n'en demeure pas moins que cet après-midi dans la cité
d'East River était maudit. Peut-être était-ce en raison du vent

d'est qui fouettait la mer, ou peut-être que notre source de chance s'était tarie avec le temps!

J'entendais depuis le tube du canon de bois le grésillement de la mèche et je fis la grimace, attendant que le ressort vienne me percuter les pieds.

Grésillement… gaw[5]… zoum… badaboum!

Je sentis le coup sous mes pieds. Le tube était lisse et bien ciré. Mon costume était en soie, de sorte que la sortie rapide du tube ne m'écorchait pas et ne me brûlait pas la peau. L'air emplit mes poumons à toute vitesse comme si quelqu'un m'enfonçait un oreiller dans la gorge. Ma moustache claqua contre mes joues et mes yeux pleurèrent.

J'atteignis ensuite le sommet de ma courbe dans les airs et commençai à ralentir. C'est alors que je repliai mes genoux et effectuai une pirouette pour que la foule retienne son souffle avant d'écarter les jambes et les bras, comme une grenouille volante, et de retomber dans le filet… comme je le faisais habituellement.

Mais lors de cet après-midi particulier, le vent soufflait depuis ma droite. Papa ne permettait *jamais* que cela se produise. Le vent pernicieux devait avoir changé de direction. Je me sentis repoussée vers la gauche du filet. Je me retournai dans les airs et roulai sur ma droite comme une balle fonçant en vrille.

Je pouvais entendre la foule retenir son souffle même de cette hauteur. C'était *ça* que les gens étaient venus voir… un boulet de canon russe qui fonçait vers le sol. Je pensai que j'étais fichue. Était-ce comme ça que le ver s'était senti lorsque les dents de l'enfant avaient croqué dans la pomme?

5   Ça, c'est le son de la corde quand elle cède. Peut-être n'aviez-vous jamais vu un mot décrivant un son auparavant. C'est fait maintenant. On appelle ça une onomatopée, et ça sert à simuler un bruit particulier. Il y en a d'ailleurs deux autres après celle-ci sur la même ligne.

Je me retournai de nouveau et me servis de mes jambes pour donner des coups de pied et nager dans les airs. Le bord du filet était presque hors de portée tandis que je m'approchais à toute allure. Je tendis la main vers le filet et parvins à l'agripper de ma main droite avec fermeté.

La force arracha presque mon bras de mon épaule et je dus lâcher prise. Je tombai sur le sol, mais j'avais réussi à ralentir suffisamment pour me sauver la vie. Cela ne veut pas dire que je ne me fis pas mal. Ça m'a fait mal. J'atterris sur mes pieds et le choc expulsa presque mes dents hors de ma tête. Ma perruque et ma moustache s'étaient déplacées, et tout ce à quoi je pouvais penser était de les replacer, de faire la révérence et de retourner vers le ballon pour me changer.

Mes genoux étaient faibles – en raison du choc ou de la chute – et je me dirigeai vers la nacelle du ballon en zigzaguant tandis que la foule m'acclamait.

Je me débarrassai du costume bleu et jaune et revêtis une robe de ballet rose pour ressortir de l'arrière de la nacelle déguisée en Mademoiselle Cobweb d'Angleterre. Je grimpai sur la corde raide et y dansai. Le vent me poussa, et lorsque je m'inclinai dans sa direction, il cessa de souffler, me laissant toute chancelante sur la corde. J'aimais toujours chanceler un peu pour exciter la foule mais, ce jour-là, ce n'était pas de la frime.

En tant que Capitaine Dare, portant un maillot de bain noir serré et un casque en cuir, je plongeais d'une haute plate-forme dans un bassin peu profond rempli d'eau. Pour le plaisir, on recouvrait l'eau d'une mince couche d'huile enflammée qui ronflait dans le vent. Une rafale me poussa avec force vers la gauche, alors je sautai vers la droite en espérant que le vent me repousserait vers le petit cercle d'eau enflammée. Au moment où mes pieds quittaient le tremplin, le vent perdit de son intensité et me fit tomber dangereusement sur la droite. Je parvins je ne sais trop comment à atteindre le bassin et en sortis indemne. Cette fois, je revêtis une salopette, une chemise de coton et une veste de toile. Papa grimpa dans la nacelle avec moi.

— Tu t'en es bien sortie, Nell, murmura-t-il.

Il secoua un sac de cuir rempli d'argent et le disposa soigneusement dans le fond de la nacelle.

— Nous ne pouvons pas nous envoler en ballon avec ce vent, sifflai-je.

— Nous le pouvons. Fais-moi confiance, je suis docteur, dit-il en haussant les épaules.

— Quoi?

— Docteur! Docteur Dee! m'expliqua-t-il.

— Non, tu n'es pas docteur! Tu as simplement inventé ce nom! Tu n'as pas vraiment de doctorat en sciences ou en n'importe quoi d'autre! lui rappelai-je.

— Peut-être pas, dit-il en haussant les épaules de nouveau. Tout ira bien… nous nous envolerons juste un tout petit peu, me promit-il.

Puis il se mit à annoncer notre dernier numéro dangereux.

— Mes amis… vous serez maintenant témoins du vol des premiers humains dans ce pays. Ce ballon a été construit par les frères Montgolfier eux-mêmes à Paris…

Le vent geignait dans les cordes qui retenaient la nacelle. Elles étaient tendues à l'extrême, car le ballon luttait pour s'envoler. Le vent rendait le feu de paille et de bois bien trop chaud.

— Nous ne pouvons pas décoller avec le ballon! dis-je à Papa en gémissant.

Il ne m'écoutait pas. Il avait déjà choisi quatre hommes bien portants dans le public pour nous ramener vers le sol une fois que nous aurions atteint une altitude d'environ 30 mètres.

— Ouvrez grandement les yeux et soyez émerveillés! cria-t-il en tirant sur le nœud coulant qui nous permettrait de nous envoler.

Le ballon s'éleva comme une fusée et nous fûmes projetés dans le fond de la nacelle. Rapidement la corde qui nous reliait au sol se tendit au maximum. La vitesse était trop grande. La corde se brisa. Les quatre hommes constatèrent qu'ils étaient soulevés du sol et ils lâchèrent prise, nous rendant ainsi notre liberté. L'un d'eux tenta d'attacher la corde au canon mais, comme ce dernier était en bois, il n'avait pas le poids d'un canon en métal et ne put nous retenir.

La foule demeurée au sol n'était plus qu'une image floue de visages aux bouches grandes ouvertes. Nous volions librement pour la toute première fois.

— Oh mon dieu! soupira Papa. Oh mon dieu, oh mon dieu, oh mon *dieu*!

Je regardai par-dessus le rebord de la nacelle et vis la cité s'esquiver au-dessous de nous.

— Génial, gémis-je. Docteur D… D pour désastre, oui!

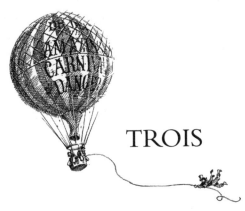

TROIS

TROIE – IL Y A ENVIRON 4 000 ANS

Ce livre contient deux histoires qui se déroulent en même temps (mais pas à la même époque). À un certain moment – je ne sais pas quand exactement –, elles s'uniront pour n'en former qu'une seule. Puisque je ne veux pas que vous oubliiez ce qui se passait en Grèce, nous allons me laisser dériver dans le ballon vers un désastre certain… ne vous en faites pas pour moi… je vais survivre d'une façon ou d'une autre… Retournons donc à l'intrigue visant à détruire la cité de Troie.

Pâris se tenait sur les murs de son palais en faisant la moue.

— Je souhaite que ces Grecs partent, soupira-t-il.

— Tu dis ça chaque jour, lui rappela Hélène.

Son visage avait été assez beau pour mobiliser une armée de 1 000 bateaux, mais 10 ans de froncements de sourcils avaient froissé ce visage quelque peu. Ces jours-ci, elle aurait pu se considérer chanceuse de voir 900 bateaux affrétés pour elle.

— C'est cet Achille, dit Pâris. C'est un tel héros qu'il ne lâchera jamais le morceau.

— Tu dis aussi ça chaque jour, dit Hélène. Tu pourrais devenir un tantinet ennuyant, mon cher Pâris. J'ai quitté Ménélas en courant parce qu'*il* était très ennuyant.

— Et parce qu'il ne se lavait jamais les pieds, d'après ce que tu m'as dit. C'était un vieil homme malodorant, lui rappela Pâris.

— Quand t'es-*tu* lavé les pieds la dernière fois, Pâris mon petit pétale ?

Il renifla.

— La semaine dernière… J'essaie de faire durer mon savon. Nous sommes en guerre, tu sais.

— Je le sais… Oh, je le sais ! murmura Hélène. Je m'en vais voir ma couturière, dit-elle en glissant le long de la plate-forme à l'arrière du mur comme le ferait une dame élégante.

Une dame si élégante qu'un homme pourrait lancer au moins 800 bateaux à ses trousses pour ce visage souffrant de brûlures superficielles attribuables au vent.

— Si seulement je pouvais me débarrasser d'Achille, murmura Pâris.

— Vous *pourriez* le faire, dit un soldat troyen.

Si Pâris avait prêté attention, il aurait remarqué qu'il n'y avait aucun soldat troyen à ses côtés à ce moment précis. Une petite averse de poussière de nuage était tombée derrière lui et avait pris la forme d'un guerrier.

Vous savez que ce soldat était Zeus qui avait simplement changé de forme, mais Pâris n'était pas très brillant, et il était trop inquiet et fatigué par la guerre pour le remarquer.

— Je pourrais faire quoi, capitaine ? demanda Pâris.

— Oh, puissant Pâris, sire, mon seigneur, je ne suis qu'un pauvre et humble sergent, je ne suis pas un de vos grands et bons capitaines, Votre Sainteté ! dit Zeus[6].

---

[6]   Oui, je sais que c'est une façon de parler bien curieuse et fort impie, mais il y a deux raisons expliquant cela. Premièrement, Zeus tentait seulement de parler comme un sergent troyen pourrait le faire et, deuxièmement, il aimait bien jouer les acteurs, alors il en faisait toujours un peu trop lorsqu'il apparaissait aux yeux des humains. Soyons honnête : bon dieu qu'il était piètre acteur !

— Saviez-vous, sergent, qu'Hélène m'a dit que mes pieds ne sentaient pas bon ? Qu'en pensez-vous ?

— Avec tout le respect que je vous dois, puissant Pâris, je pense que votre dame se trompe. Tous les clochards et les vendeurs de chatouilles[7] de Troie vous diraient que vos pieds ne sentent pas. Non, mon seigneur, non. Ce sont les nez qui sentent, pas les pieds, Monsieur ! Les pieds servent à marcher, et non à sentir ! Remarquez que si vos pieds pouvaient sentir, ce ne serait pas drôle pour eux chaque fois que vous marchez dans du crottin de cheval dans la rue…

— Merci, sergent. Pouvez-vous me dire comment me débarrasser d'Achille ?

— Je suis heureux que vous me le demandiez, Monsieur. Je connais justement un moyen de tuer l'affreux Achille, dit Zeus.

— Par Zeus, vous êtes meilleur que moi si vous pouvez le faire ! dit Pâris tout en donnant une tape dans le dos du dieu.

— Il y a une légende à propos d'Achille, oui, il y en a une, Monsieur…

— Je le sais ! soupira Pâris. C'est le fils de Thétis…

— Une jeune femme agréable, dit Zeus en hochant la tête.

— Vous la connaissiez ?

— Très bien !

— Enfin, Thétis était une déesse et elle a voulu que son fils Achille soit protégé au combat. Alors, lorsqu'il était bébé, elle l'a plongé dans la rivière Styx qui coule dans les Enfers. C'est ainsi qu'il est devenu invulnérable. Mais…

— Oh, mais… poursuivit Zeus, elle le tenait par le talon !…

— Et le talon est la seule partie de son corps qui n'a pas été touchée par les eaux magiques, conclut Pâris.

7   Un vendeur de chatouilles de Troie était un clown qui vendait des chatouilles à son public… à Troie. Les vendeurs de chatouilles disparurent malheureusement à l'époque romaine lorsque les chatouilles furent déclarées illégales par l'empereur Vespasien, et ils furent jetés aux crocodiles dans le Colisée.

— Et? dit Zeus en hochant la tête.

— Et alors?

Zeus roula des yeux. Ce Pâris n'était décidément pas très brillant.

— Et... si quelqu'un voulait attaquer Achille, où l'attaquerait-il?

Pâris se gratta la tête sous ses longs cheveux gracieux.

— Euh... Dans son lit lorsqu'il est endormi?

— Non... ce que je veux dire, c'est à quel endroit sur son corps il faudrait le frapper? Il faudrait le frapper au talon, son point faible.

Pâris cligna des yeux.

— *Moi*? Le frapper? Qui dit que *je* vais le frapper?

Zeus soupira.

— Personne d'autre ne va le faire pour vous, mon grand et puissant seigneur.

— Achille est un guerrier hors pair. Je pourrais être blessé! argumenta Pâris. Vous n'avez pas vu ce qu'il a fait à notre meilleur guerrier Hector? Il l'a tué, puis a traîné son corps tout autour de Troie avant de le donner aux chiens pour qu'ils le mangent! Je ne veux pas servir de repas à un chien, merci beaucoup!

— Ça n'arrivera pas si vous utilisez une approche astucieuse et sournoise, Monsieur.

— Oh, dans ce cas, je devrai en imaginer une!...

— J'en ai une pour vous, puissant seigneur.

— Vous en avez une? Brave homme... euh, quelle est-elle?

Et Zeus la lui révéla.

Et c'est ainsi que, deux jours plus tard...

... Achille arriva au palais de la princesse Polyxène. Tout de marbre et de torches enflammées[8]. C'est bien joli, mais ça fait beaucoup de fumée et c'est froid pour des pieds nus.

---

8   C'est le palais qui était tout de marbre et de torches enflammées, pas Achille. Je veux que vous imaginiez la scène. C'est pourquoi j'ai ajouté ce genre de détails. C'est ce que font les écrivains.

Une trompette se fit entendre au moment où Achille fit son entrée dans la grande salle. La princesse Polyxène était assise sur un divan et elle porta ses jolis doigts à ses jolies oreilles. Le son de cette trompette pouvait être très douloureux.

Achille ne pouvait voir que deux autres personnes dans la pièce. L'une d'elles était vêtue comme un sergent troyen – l'ennemi! Elle se tenait dans un coin ombragé, mais Achille savait qu'aucun soldat ordinaire n'aurait osé l'attaquer.

À côté du sergent se tenait un personnage étrange, à l'allure bossue et vêtu d'un manteau, et qui aurait bien pu être un aigle de très grande taille. Achille était convaincu de voir un bec pointu et recourbé dépasser de son capuchon. Il y avait quelque chose à propos de ce personnage qui faisait même trembler Achille un tout petit peu.

La trompette se tut.

— Merci, mon dieu! Enfin un peu de répit! soupira Polyxène. Tu dois être le célèbre Achille, n'est-ce pas? demanda-t-elle.

Achille sembla étonné.

— Personne d'autre ne possède cette armure conçue par les dieux, cria-t-il en tentant d'avoir l'air aussi puissant qu'il le pouvait (vous *savez,* la main gauche sur son cœur, la main droite allongée tenant une lourde épée qu'il fait tournoyer). Personne d'autre qu'Achille n'a cette armure qui irradie le pouvoir du mont Olympe.

— Oh, je ne sais rien à propos de l'armure, dit la princesse Polyxène en riant sottement. Je m'intéresse davantage aux robes. As-tu déjà essayé de porter une robe?

Une chose étrange se produisit dans le corps d'Achille. Il sembla se contracter un peu – comme un ballon qu'on aurait percé avec une aiguille. Son visage devint tout rouge et il ne pouvait pas regarder la jolie princesse dans les yeux.

— Peut-être, marmonna-t-il.

Polyxène lui adressa un sourire malicieux.

— J'ai entendu quelque chose à ce sujet, voulant que tu te sois habillé comme une fille en prétendant être ta sœur. Est-ce vrai ?

— Oui, chuchota Achille.

— Ta maman t'a paré comme une fille pour que tu puisses échapper à une bataille sans te faire tuer, c'est bien ça ?

— Oui.

— Ta maman s'occupe vraiment de toi, n'est-ce pas, Achille ? Elle t'a sauvé la vie en t'habillant comme une fille. Elle t'a trempé dans la rivière Styx pour que tu ne sois jamais blessé. Un vrai petit garçon à sa maman, n'est-ce pas, Achille ?

Silence.

— *N'est-ce pas*, Achille ?

— Oui.

— Je n'ai pas pu t'entendre… les trompettes me rendent un peu sourde. Dis-le de nouveau – plus fort.

— *Oui* !

— Plus fort !

— *OUI* !

Polyxène sourit d'un air satisfait.

— Tu es venu ici pour me demander en mariage, dit-elle.

— Un messager est venu me dire que je te plaisais, dit Achille.

— Et est-ce que *je* te plais ?

— Tu es très jolie, dit le guerrier en hochant la tête.

— Aussi jolie qu'Hélène de Troie ? Une femme qui possède un visage capable de mobiliser 1 000 bateaux ?

— Plus jolie ! On dit que son visage fatigué suffirait à peine pour mobiliser 700 bateaux ces jours-ci ! dit Achille en riant sous cape.

— Retourne-toi, ordonna Polyxène.

— Pardon ?

— Comment ? La trompette t'a rendu sourd, toi aussi ? Je t'ai dit de te retourner. Je veux voir à quoi tu ressembles de dos, dit-elle.

— De dos ? demanda-t-il.

— Oui, tu sais – le côté du corps qui n'est pas le devant, dit-elle impatiemment. Retourne-toi.

Achille se retourna. La princesse s'inclina et regarda sous son divan.

— Allez, Pâris, tire la flèche empoisonnée ! siffla-t-elle à voix basse.

— Oh ! grogna Pâris depuis sa sombre cachette. Ce n'est pas si facile d'être couché ici et de tenter d'utiliser mon arc ! Sans compter le fait que mes mains sont tout engourdies et froides à cause de ce plancher de marbre.

—Vas-y ! ordonna Polyxène.

On entendit la vibration d'une corde, et une flèche glissa depuis le dessous du divan. Elle voltigea au ras du sol de marbre et alla frapper le trompettiste sur l'orteil. Il poussa un petit halètement et s'écroula sur le sol dans un cliquetis de trompette de cuivre.

Achille regarda par-dessus son épaule.

— Qu'est-ce que c'était que ça ? demanda-t-il.

Polyxène fit un signe de la main.

— Rien, Achille. Tu viens d'échapper à une flèche. Retourne-toi et *ne regarde pas* derrière toi à moins que je te le dise.

Elle glissa sa tête sous le divan et dit :

— Pâris, tu devras te servir du poignard empoisonné. Vas-y.

— Oh ! Je suis si courbaturé. Je te parie que je mourrai de froid après cela.

— Mais *VAS-Y* ! grogna Polyxène.

Pâris rampa et se tortilla sur le plancher comme un serpent.

Zeus et le personnage recouvert d'un long manteau à ses côtés se tinrent aussi immobiles que les colonnes de marbre dans la salle, que le trompettiste et sa trompette.

Pâris parvint aux pieds d'Achille. Il prit une grande inspiration et asséna de violents coups de poignard empoisonné à son talon.

Achille souleva son pied du plancher, se retourna à moitié et vit Pâris qui levait les yeux, envahi par la peur. Achille leva son épée pour le frapper. Il s'élança. Il soupira doucement. Il tomba à la renverse.

Sa célèbre armure résonna comme des cloches et son épée s'effondra sur le plancher comme une cymbale.

— Mon dieu! cria Polyxène. C'est encore pire que le bruit de cette fichue trompette!

Zeus se tourna vers le personnage encapuchonné à côté de lui.

— Tiens, le Vengeur. Il y en a un de tombé, et il en reste un autre à abattre.

— Encore un? siffla la créature par son bec.

— Pâris. Nous devons nous assurer que *Pâris* meure, et alors cette guerre troyenne tout entière pourra prendre fin et nous pourrons tous retourner à la maison, expliqua Zeus.

— Je dois demeurer ici tant que Pâris n'est pas mort?

— C'est aussi bien ainsi. Assure-toi qu'ils se rendent ensemble voir Hadès dans les Enfers. C'est toujours agréable d'avoir un peu de compagnie dans les Enfers.

Le Vengeur tapa du pied et ses serres acérées d'aigle cliquetèrent sur le plancher de marbre.

— Et en ce qui concerne ton cousin, Prométhée? Tu m'as donné la tâche de retrouver Prométhée. De le ramener et de l'enchaîner à nouveau à la montagne du Caucase.

Le Vengeur respirait plus rapidement à présent.

— De le visiter chaque jour et de lui arracher le foie!

—Tu dois d'abord le retrouver, lui rappela Zeus.

— Il se trouvait dans un lieu portant le nom de cité d'Éden, dit le Vengeur en poussant des cris rauques. Quatre mille années dans le futur. Je suis passé bien près de l'attraper. Je *sais* qu'il y est retourné. Je le *sais*. Je dois retourner dans le futur et le retrouver.

Zeus soupira.

—Tu auras du temps pour ça plus tard. Pour le moment, faisons tuer Pâris et conduis-les tous les deux aux Enfers.

— Et ensuite je m'envolerai vers la cité d'Éden, cracha le Vengeur.

Prométhée volait avec ses ailes blanches et vit une planète verte et bleue s'avancer vers lui. Une petite lune argentée était accrochée au-dessus du tableau.

— Enfin à la maison, soupira-t-il. Peut-être que Zeus me pardonnera.

QUATRE

VOL AU-DESSUS DE LA CITÉ D'ÉDEN – 1795

Vous vous souviendrez qu'on m'avait laissée dans un ballon à la dérive, flottant au-dessus de la cité d'East River… vous vous SOUVENEZ de ça, n'est-ce pas ? Prêtez attention si vous ne vous en souvenez pas. Du côté de Paris, quelques personnes avaient déjà volé comme ça sans attaches – des gens comme les frères Robert –, mais d'ordinaire on plaçait seulement un mouton, un canard et un jeune coq dans la nacelle[9]. Nous étions les premiers humains à voler dans notre pays.

Papa se tenait sur le bord de la nacelle et regardait vers le bas. Je savais que c'était un forain et un petit escroc, mais je me devais de l'admirer à ce moment-là. Son haut-de-forme était fermement enfoncé sur ses épais cheveux gris afin qu'il ne soit pas emporté par le vent. Les longues basques de sa queue-de-pie noire ainsi que sa cravate à rayures rouges et

9   C'est la vérité. Jetez un coup d'œil dans un vieux manuel d'histoire poussiéreux. Je peux comprendre pourquoi ils envoyaient un mouton voler dans les airs, mais pourquoi un canard ? Les canards peuvent voler par leurs propres moyens. Les pionniers de l'aérostatique étaient des gens bien étranges… Continuons notre histoire…

blanches fouettaient dans le vent… Les couleurs du ballon étaient le rouge, le blanc et le noir, et ces couleurs avaient toujours été les nôtres. Nous allions maintenant mourir dans nos couleurs.

Papa demeurait néanmoins tout à fait calme dans la nacelle secouée par le vent.

— Nous allons mourir ! criai-je.

Il se tourna vers moi et me sourit.

— Oui, Nell, nous allons mourir un jour.

— Je veux dire aujourd'hui ! Nous allons mourir très bientôt dès que nous nous écraserons ! hurlai-je.

Papa songea à ce que je venais de dire avec sérieux.

— Peut-être que oui. Peut-être que non. Nous sommes toujours vivants en ce moment, n'est-ce pas ?

— Oui, mais…

— Alors, accroche-toi à l'espoir, Nell, accroche-toi à l'espoir !

Mes joues étaient froides et je me rendis compte que des larmes y coulaient. Je les essuyai dans un geste de colère. Si Papa ne s'affolait pas, alors je ferais de même.

Je jetai un coup d'œil par-dessus le côté de la nacelle vers la cité d'East River tout en bas. C'était une cité très soignée. Les champs étaient des carrés verts et jaunes, d'herbe et de maïs. Les parcs étaient dotés d'étangs et de sentiers ombragés par des arbres. Les rues étaient droites, et la mer à l'est était calme et brillante.

Il était impossible pour l'instant de voir les expressions sur les visages des gens qui nous regardaient d'en bas, et des volutes de nuage filaient à travers les cordes qui maintenaient la nacelle.

Papa jeta un peu de paille et de laine de mouton dans le foyer métallique suspendu au-dessus de nos têtes.

— Cela nous fera monter encore plus haut ! dis-je. Nous finirons sur la lune !

— C'est mieux que de finir dans la rivière, dit-il en riant.

— Quelle rivière ?

Je me déplaçai rapidement vers son côté de la nacelle, qui oscilla tellement qu'elle faillit se renverser. Loin sous notre ballon se trouvait une rivière grisâtre et graisseuse, au débit lent comme une limace et deux fois plus froide. Le vent nous poussait au-dessus de celle-ci à présent.

— C'est la rivière Éden, et la cité d'East River se trouve sur sa rive est, expliqua Papa.

— Ce qui signifie que nous nous dirigeons vers sa rive ouest ? Qu'est-ce qu'il y a de ce côté ?

Le nuage qui encerclait le ballon masquait la voie devant nous.

— La cité d'Éden, dit Papa.

— La cité d'Éden ?

J'avais déjà entendu ce nom. Nous avions visité la plupart des grandes cités pour y donner nos spectacles, mais jamais la cité d'Éden.

— Pourquoi ne sommes-nous jamais allés là auparavant ? demandai-je.

— Personne ne va à la cité d'Éden, expliqua Papa.

Il s'assit dans le fond de la nacelle où il était à l'abri de l'humidité poisseuse du nuage. Il déballa un petit paquet de pain et de fromage, que nous partageâmes. Et comme mon bout de tissu chargé de pommes au sirop et de cannes à sucre se trouvait aussi dans la nacelle, nous ne risquions pas de mourir de faim. J'esquissai un petit sourire lorsque je pensai aux vers qui habitaient ces pommes et qui étaient probablement les premiers vers du monde à voler ainsi dans les nuages !

— La cité d'Éden est située aussi loin à l'ouest que les gens de notre peuple ont osé aller s'établir. Ils ont construit la cité et ont tenté de se mettre en route à travers les plaines sises au-delà de la cité, mais les Sauvages les ont stoppés.

— Qui sont-ils, Papa ?

— Les gens qui étaient ici avant que nous arrivions de l'Europe.

— Ils n'auraient pas été très heureux de nous voir, j'imagine…

— Non, dit-il en riant. Ils étaient sauvages ! Ils ont d'abord fait rebrousser chemin aux pionniers qui ont tenté d'établir leurs fermes sur les plaines. Ils se sont ensuite dirigés vers la cité d'Éden. Ils ont des tas de tribus et des milliers de guerriers. Ils sont tous venus pour encercler la cité d'Éden.

— Ils doivent donc avoir pris la cité, dis-je. Si nous atterrissons là, nous serons les prisonniers des Sauvages !

Papa secoua la tête.

— La cité d'Éden a construit de grands murs de bois pour empêcher les guerriers sauvages d'y entrer. Les Sauvages encerclent la cité d'Éden – peu de personnes peuvent y entrer ou en sortir. Un étrange bateau parvient à s'y rendre avec tout juste assez de nourriture pour leur permettre de survivre. La cité est en état de siège depuis 10 mois maintenant.

— Ils doivent être de grands combattants pour empêcher les Sauvages d'entrer, dis-je. Papa fit une grimace pour me montrer qu'il en doutait.

— Nous avons du métal. Nous avons des armes à feu et nous avons des balles – les Sauvages n'ont que haches de pierre, des arcs de bois et des flèches munies de pointes de pierre. La cité d'Éden ne peut pas tuer 10 000 guerriers sauvages, mais ils ne peuvent pas se battre contre la puissance de feu des mousquets. C'est que l'on appelle une impasse. Le siège pourrait durer très longtemps.

— Et c'est par là que nous nous dirigeons ?

— Si nous parvenons à franchir cette large rivière, dit Papa. J'ai remarqué que l'air était plus clair et que nous descendions maintenant des nuages.

C'est à ce moment que je vis la cité d'Éden pour la première fois. Celle d'East River était une mosaïque de vert, d'or et de brun automne située au centre d'une mer d'un bleu brillant. La cité d'Éden était une pile de vase grise et brune. De grands bâtiments s'élevaient comme des dents pourries sur des gencives noircies. Même le vent violent de l'automne ne parvenait pas à chasser le brouillard de fumée encrassée suspendu au-dessus de l'endroit comme une couverture sale sur un cadavre.

— Il n'y a aucun endroit pour atterrir! dis-je à Papa tandis que nous descendions vers les ténèbres. Les rues sont trop étroites. Les bâtiments sont trop hauts. Nous nous fracasserons contre eux et mourrons!

— Nell, arrête de parler de la mort. Fais-moi confiance, je suis docteur, dit-il en tendant la main vers une poignée au-dessus de sa tête.

Cette fois, je me retins de lui passer un commentaire sur la partie «docteur» de son nom d'artiste. Il commença à pousser le levier d'avant en arrière, et ce dernier grinça et râla.

— C'est un soufflet, expliqua-t-il. Une des plus grandes inventions des frères Robert. À l'intérieur du sac d'air chaud se trouve un second sac. Ce deuxième sac est rempli d'air frais, plus lourd que l'air chaud. En actionnant le soufflet, je me trouve à remplir le sac d'air chaud avec de l'air frais. Nous devenons ainsi plus lourds et pouvons faire un atterrissage contrôlé. Tu comprends?

— Non.

Il recommença.

— À l'intérieur du sac d'air chaud se trouve un...

— Non. Ce que je veux dire, c'est que je ne comprends pas en quoi cela nous aide. Nous allons tout de même entrer en collision avec une des cheminées, être renversés sur un toit et tomber dans la rue, gémis-je.

— Non, ça n'arrivera pas, dit-il. Fais-moi confiance, je suis… un aéronaute !

Le ballon perdait de l'altitude plus rapidement à présent. Nous survolâmes en vitesse des hommes en canots. On aurait dit qu'ils portaient des costumes faits de peaux d'animaux ainsi que des arcs et des flèches.

— Ces gens-là sont des Sauvages, dit Papa. Ils tentent d'empêcher les bateaux d'approvisionnement d'entrer dans le port et d'en sortir.

Je hochai simplement la tête. Je pouvais voir des bateaux à voiles amarrés au quai, désertés et en train de pourrir dans l'eau. Leurs grands mâts étaient tendus vers nous et tentaient de nous faire tomber sur leurs ponts.

— Mais où allons-nous atterrir ? Sur la rivière ?

— Au bord de l'eau, dit calmement Papa.

Nous frôlâmes l'extrémité du mât d'un bateau et il se cassa. La nacelle du ballon bougea follement et je m'agrippai à la boîte des costumes dans le fond. Papa activait le soufflet plus rapidement à présent et nous descendions encore plus vite.

Des gens s'attroupaient sur le bord du quai et nous pointaient du doigt. Je pouvais maintenant entendre leurs voix excitées. Un cheval poussa un hennissement craintif et détala avec son cavalier qui s'accrochait à son cou. Les corbeaux croassèrent tandis que nous approchions rapidement de leurs perchoirs sur les toits.

La fenêtre d'une maison s'ouvrit et une femme vêtue d'une robe carrelée bleue regarda dehors. Je jure que j'aurais pu tendre le bras et lui serrer la main.

Nous descendîmes un peu plus, et la nacelle frôla l'auvent d'un épicier avant de rebondir dans les airs et de redescendre au niveau des fenêtres du rez-de-chaussée. C'est alors que nous nous arrêtâmes. Tout d'un coup.

Papa regarda sur le côté. Nous étions juste au-dessus du sol – à la hauteur d'un homme de grande taille. La corde qui était attachée à notre canon de bois s'était enroulée autour du poteau d'une lampe à gaz et nous tenait fermement en place.

Le ballon tira et tendit la corde, mais cette dernière tint bon.

— Tu peux descendre, Nell ! cria Papa. Je t'avais bien dit que je nous ferais atterrir en toute sécurité.

Je sautai de la nacelle et plaçai mes pieds sur la corde qui nous tenait. Je fis ma petite marche de corde raide jusqu'au réverbère, puis saisis le poteau pour descendre jusqu'au sol en glissant.

La foule qui s'était précipitée pour obtenir une meilleure vue de la scène ne put s'empêcher d'applaudir.

Papa se pencha par-dessus la nacelle et se laissa tomber au sol. Il me regarda avec un certain dégoût.

— Tu peux bien faire la fière, murmura-t-il avant de se tourner vers la foule et d'arborer soudainement son plus beau sourire.

— Mesdames et messieurs de la cité d'Éden, cria-t-il, bienvenue au stupéfiant Carnaval des dangers du docteur Dee !

La foule applaudit faiblement, ne sachant pas tout à fait comment elle devait accueillir deux étrangers qui venaient de tomber du ciel.

Papa se tourna rapidement vers moi.

— Des bonnes poires ! Regarde-les. Des centaines de bonnes poires. Nous amasserons une petite fortune et nous nous envolerons par la suite !

Il revint à la foule.

—Vous verrez Grégoire le Grand, directement de Russie, jaillir d'un canon !

— Nous avons laissé le filet derrière nous, Papa, lui rappelai-je.

— Je te tirerai dans le gréage des bateaux ! murmura-t-il du coin de la bouche. Ça ne devrait pas te faire de mal.

— Merci.

—Vous verrez aussi Mademoiselle Cobweb d'Angleterre, qui dansera sur la corde raide, cria-t-il.

— Nous n'avons pas de corde raide.

—Tu viens de descendre du ballon sur une corde raide… Et vous verrez aussi le capitaine Dare plonger dans de l'eau enflammée.

— Nous n'avons pas emporté le bassin, lui dis-je.

—Tu plongeras dans la rivière.

— C'est sale !

— Nous ferons assez d'argent pour te payer un bain, argumenta-t-il.

Il y eut alors des murmures dans la foule tandis qu'un petit homme au visage de belette portant un long manteau noir et une salopette bleue s'y frayait un chemin. Il avait une étoile argentée épinglée sur son manteau et une moustache brune presque aussi grande que ses larges épaules.

— C'est le shérif Spade ! dit une femme qui portait un châle vert sale à son ami qui avait des dents encore plus sales et encore plus vertes.

— Faites de la place pour le maire Makepeace ! cria le shérif Spade.

Un homme bien gras portant un superbe costume noir le suivait, et la foule s'écarta pour laisser le maire bien gras se tenir seul devant nous.

— Bienvenue dans la cité d'Éden ! cria-t-il.

C'était probablement la dernière chose que je m'attendais à entendre. Nous avions plutôt l'habitude de nous faire expulser des cités que nous visitions par des policiers en colère qui pensaient que nous n'étions là que pour voler les bonnes poires de Papa[10].

---

10   Oui, d'accord, nous n'ÉTIONS là que pour voler les bonnes poires de Papa, mais ces gens pouvaient prendre soin d'eux-mêmes. Ce n'était pas nécessaire de faire venir la police. Vous pourriez tout de même avoir un PEU de pitié pour nous, les artistes itinérants !

— Je vois que vous nous apportez des armes pour le combat que nous menons contre les Sauvages à l'extérieur de nos murs troublés, dit le petit maire.

Même sa voix était une voix de belette grinçante.

— Ah oui? demanda Papa.

Il était rare de voir ainsi Papa chercher ses mots.

Le maire fit un geste de la tête vers le canon.

— Nous avons cependant besoin de bien plus que ça. Nous avons besoin de nouveaux mousquets, de poudre et de balles. Nous avons presque épuisé nos réserves.

Les gens dans la foule hochèrent tristement la tête.

— Je suis désolé de l'apprendre, dit Papa.

Le shérif caressa sa moustache et prit la parole. Sa voix aiguë ressemblait au son produit par une flûte.

— La pire chose avec ces Sauvages, c'est qu'ils ne font pas que vous tuer… ils vous scalpent! Ils prennent tous vos cheveux en vous découpant le cuir chevelu. C'est horrible.

— Vous les avez vus faire? haletai-je.

— Non, mais j'ai entendu des récits, dit le shérif en frissonnant. Brrr!

— Mais voilà que vous arrivez à notre rescousse! fit le maire en éclatant d'un rire qui secoua son gros ventre.

— Ah oui? demandai-je.

— Votre machine volante et vous pouvez nous apporter toutes les provisions dont nous avons besoin, dit-il. Vous pouvez les acheter dans la cité d'East River et les transporter jusqu'ici par la voie des airs. Nos bateaux sont pris au piège dans le port par les guerriers en canots.

Je pouvais presque entendre un bruit de tic-tac dans le cerveau de Papa tandis que ses yeux regardaient partout dans la foule.

— Nous aurions besoin d'argent pour acheter des armes, dit-il.

— Nous avons tout l'argent dont vous avez besoin, dit le maire.

Le visage de Papa se fendit en un sourire aussi large que la rivière Éden.

— C'est beaucoup d'argent, dit-il en se léchant les lèvres.

Le maire fit un signe de la main en direction d'un bâtiment situé derrière lui, qui était rond et trapu comme un crapaud.

— Vous allez vous installer à l'Auberge Tempête pour la nuit et pourrez vous mettre en route demain.

Papa mit ses bras autour de mon épaule et murmura du coin de sa bouche :

— Cet homme doit vraiment être la plus grande poire du monde entier !

— Super, reniflai-je. Nous avons survécu à un désastre et voilà que nous fonçons tête première vers un autre ! Je serais prête à le parier.

CINQ

TROIE – IL Y A ENVIRON 4 000 ANS

Eh oui, nous sommes de retour là où nous étions précédemment, mais le temps a tout de même passé un petit peu, sauf pour Achille, maintenant mort ! La mort a l'habitude d'arrêter le temps pour certaines personnes, mais Achille n'était pas qu'une « certaine » personne...

Zeus était assis sur son nuage et dominait les plaines balayées par le vent de la cité de Troie[11]. Héra sourit. C'était rare. En fait, Zeus ne pouvait se rappeler la dernière fois où elle avait souri.

— C'est *beaucoup* plus amusant ainsi, dit-elle en riant sous cape.

(Il *pouvait* se rappeler la dernière fois où elle avait ri sous cape. C'était lorsqu'il s'était assis sur un chardon au mont Olympe.)

---

11   Troie est célèbre pour deux choses : un cheval de bois et le vent. Ne me demandez pas pourquoi cette cité est célèbre pour le vent, mais elle l'est. Vous voyez, ce livre ne vous offre pas qu'une histoire... vous obtenez également une prévision météo sans frais supplémentaires !

— Oui, en effet. La cité de Troie a été trop ennuyante trop longtemps. C'est pourquoi j'ai fait en sorte que Pâris tue Achille.

— Et *maintenant*, tu as fait de même avec Pâris !

— Oh oui, dit Zeus en hochant la tête. Pâris a été tué dans une bataille sur les plaines venteuses de Troie. Il a été atteint par une flèche empoisonnée et est mort très lentement.

— Pourquoi dit-on que ces plaines sont venteuses ? demanda Héra.

— Je ne sais pas, dit Zeus en haussant les épaules. C'est une de ces choses. Troie a des plaines venteuses comme…

— … comme Hélène a un visage qui a mobilisé 600 bateaux, compléta Héra.

— Je croyais que c'était mille, dit Zeus.

— Elle n'est pas *si* belle, renifla Héra.

— Et elle n'a été d'aucune aide lorsque Pâris a été blessé. C'est pourquoi il a fait quérir sa première femme, Œnone. C'était une grande guérisseuse.

Héra renifla.

— Ha ! Pâris a quitté Œnone pour Hélène et s'attendait ensuite à ce qu'elle vienne le soigner ! J'aurais refusé.

— Oh ! Œnone a refusé, dit Zeus. Elle a simplement laissé Pâris mourir. Elle a toutefois éprouvé une certaine honte *après* sa mort et a décidé de s'enlever la vie.

— Quelle femme stupide ! se moqua Héra. Il est néanmoins intéressant de voir que *quelque chose* se passe là en bas. Nous avons créé ces humains pour nous divertir. C'est plaisant de voir un peu d'action. Ce siège demeure encore assez ennuyant. As-tu un plan pour y mettre un terme ?

— J'en ai un… commença Zeus.

Il s'arrêta et leva les yeux vers le soleil. Ses oreilles divines entendirent le son d'un battement d'ailes quelque part, un peu plus haut que le nuage le plus élevé[12].

— Oh! cria Héra. C'est ton vilain cousin Prométhée.

Le sourire si rare qui était jusque-là affiché sur son visage disparut comme de la glace sur le dos d'un pingouin.

Le dieu aux ailes blanches ralentit son vol, décrivit un cercle autour du nuage et atterrit en douceur à côté du couple. Son visage était bronzé grâce aux rayons de lumière éblouissante de milliards d'innombrables d'étoiles et il semblait las. Il retira les ailes de son dos et s'étira.

— Bonjour, mon cousin, dit Zeus. As-tu achevé la tâche que je t'avais confiée? As-tu trouvé un vrai héros parmi ces pathétiques petits humains?

Prométhée (ou Méthée, comme nous le connaissons maintenant) hocha lentement la tête.

— J'ai voyagé dans le futur pour trouver un héros. J'ai rencontré quelques personnes courageuses et hardies, mais pas exactement le héros parfait que je cherchais.

—Tu as donc échoué? se réjouit Héra avec malveillance.

— Non, dit Méthée en fronçant les sourcils. Je n'ai *pas encore* réussi.

—Tu as échoué! cria-t-elle.

— Pas exactement…

—Alors, qu'est-ce que tu as fait, exactement?

— J'ai cherché, comme Zeus m'a dit de faire, et…

—TU AS ÉCHOUÉ!

Méthée devint légèrement rouge de honte et baissa les yeux vers ses sandales usées par le temps. Il agita les pieds.

---

12   Vous vous souviendrez peut-être, si vous portez attention, que les dieux avaient une vision exceptionnelle. J'aurais aussi dû vous mentionner qu'ils avaient des oreilles semblables à celles des chauves-souris. Enfin, elles n'étaient pas pointues et poilues… je voulais seulement dire qu'il s'agissait d'oreilles capables d'entendre des sons que seules les chauves-souris (et les dieux) peuvent entendre.

— Oh, mais…

— Tu as échoué, tu as échoué, tu as échoué !

— Mais, mais…

— Un héros humain, ça n'existe tout simplement pas. Zeus t'a confié une tâche impossible, cracha Héra.

— J'ai fait cela ? soupira son mari. Je suis désolé, Méthée.

— Les dieux peuvent être des héros. Les humains ne le peuvent pas. Ils sont trop stupides et égoïstes, expliqua Héra.

Méthée leva les yeux, et ces derniers luisaient.

— Tu as tort ! Je me suis souvenu de Troie. Il doit y avoir des héros à Troie !

Héra se tourna brusquement et prit la parole.

— Tu ferais mieux d'espérer que tu as raison, dit-elle d'une douce voix menaçante. Tu sais ce qui se passera si tu as tort ?

Méthée inclina la tête misérablement.

— Tu veux me dire ce qui arrivera, Méthée ? le taquina-elle cruellement.

— Tu le sais, marmonna le demi-dieu.

— Je le sais, dit-elle en hochant la tête.

Elle se lécha les lèvres comme si elle pouvait goûter son supplice.

— Si tu ne *peux pas* trouver de héros, alors le Vengeur s'emparera de toi et te détruira. Et ce sera bien fait pour toi. Tu mérites ce châtiment pour avoir volé le feu des dieux et l'avoir donné à ces créatures.

Zeus toussota.

— Et le Vengeur arrivera bientôt ici, Méthée. Je l'ai fait quérir pour qu'il emmène Achille et Pâris chez Hadès dans les Enfers. Alors, nomme-moi rapidement le nom d'un héros humain et tu sauveras ta vie.

Le demi-dieu prit une grande respiration.

— Achille ? dit Méthée.

— Il est mort ! cracha Héra.

— Je me suis organisé pour le faire tuer la semaine dernière. De toute façon, c'était un demi-dieu, soupira Zeus.

— Pâris, alors ? demanda Méthée avec espoir.

— Il est mort lui aussi, répondit Héra. L'astucieux Zeus a fait en sorte qu'il soit tué pas plus tard qu'hier. Et il était un peu lâche de toute façon ! Ce n'était pas un héros.

Elle se leva et regarda Méthée de haut avec un regard encore plus empoisonné que la flèche de Pâris.

— Personne – pas même Zeus – ne peut rappeler le Vengeur. Tu es un voleur de feu, Prométhée, et tu ne trouveras jamais de héros humain parce qu'aucun héros humain n'est encore né.

— *Pas encore né*, dit Méthée en hochant la tête.

Il leva les yeux et sourit doucement.

— Alors, je retournerai dans le futur et je le trouverai. Il y a un temple dans un endroit qui porte le nom de cité d'Éden. Les humains le nomment le Temple du Héros. Je l'ai trouvé lorsque j'y suis allé dans cette année qu'ils ont appelée 1858.

Héra sembla furieuse.

— Si ce héros a un temple, c'est qu'il est mort. Ça ne compte pas. Tu devais montrer un héros vivant à Zeus.

Méthée hocha la tête.

— J'y ai pensé. Je retournerai à une autre année avant qu'il soit mort. Je le trouverai et le montrerai vivant à Zeus.

La bouche d'Héra se déforma vers le bas dans les deux coins comme si elle doutait que ce plan pût fonctionner, mais ses yeux étaient animés d'une lueur rusée.

— Et vers quelle année humaine retourneras-tu ? demanda-t-elle.

Méthée frotta ses yeux usés par les étoiles et réfléchit.

— Je retournerai au même endroit à une année de vie humaine de moins qu'à mon précédent voyage. Voyons… les humains vivent pendant trois fois 20 ans plus 10. Donc, 70 ans avant l'année 1858, alors… euh… en 1795[13] !

— Alors, tu iras à la cité d'Éden en 1795, n'est-ce pas ?

Méthée hocha la tête. C'était un dieu gentil qui aimait les humains. Il était courageux, fort, honnête, désintéressé et loyal. Ses ongles étaient propres et il se lavait toujours derrière les oreilles. Il était exactement le genre de personne que vous voudriez avoir comme ami.

Il pouvait aussi être assez stupide.

Si vous l'aviez VRAIMENT eu comme ami (comme moi), vous lui auriez dit : «Si tu fuis quelqu'un qui veut te réduire en particules encore plus petites que de la poussière, alors tu dois te cacher. Et si tu te caches, tu ne dis à personne où te trouver.»

En un mot, NE FAIS CONFIANCE À PERSONNE[14].

Zeus se dressa sur ses pieds et le nuage tourbillonna autour de ses genoux.

— Des ailes, dit-il en plaçant sa main en paravent autour de son oreille. Vole aussi vite qu'une étoile filante. C'est le Vengeur, mon cousin Méthée. Il est mieux pour toi de fuir !

Méthée agrippa ses ailes et les fixa rapidement. Il se lança sur le bord du nuage et se cacha sous ce dernier au moment où le Vengeur se posa à côté de Zeus.

Méthée se laissa alors dériver doucement vers la cité de Troie. Les vents des plaines venteuses le portèrent silencieusement jusqu'à la mer. Si silencieusement que le Vengeur ne pouvait l'entendre.

13   Oh oui, VOUS savez que la réponse aurait dû être 1788, mais il n'y avait pas d'école sur le mont Olympe – les dieux pensaient qu'ils savaient tout ! Alors Méthée échouerait à tous les examens de mathématique que vous avez réussis. Ne le plaignez pas. Il pouvait voler au-delà des étoiles les plus éloignées, ce qui est bien mieux que de savoir combien il faut de tortues pour faire une douzaine.

14   Oui, d'accord, il y a cinq mots, mais vous savez ce que je veux dire.

Il se mit ensuite à prendre de l'altitude une fois de l'autre côté de la Terre. Il s'éleva au-delà des nuages et de la lune. Il laissa les planètes derrière lui et accéléra vers les étoiles, là où le temps était différent. Si vous pouviez voler assez vite et laisser les planètes derrière vous, alors vous verriez que c'est dans le temps que vous progresseriez.

Méthée était libre et aurait pu demeurer là, en sécurité pour toujours, mais il s'ennuyait de ces curieux humains. Il voulait revoir la cité d'Éden.

Zeus était de bonne humeur. Il se coucha sur le nuage et regarda le Vengeur à plumes. Il pouvait le voir dans toute sa laideur. Vous ne le pourriez pas. Aucun humain ne pouvait voir sa vraie forme. En vol, il ressemblait à un aigle. Quand il marchait, il ressemblait à un homme bossu portant un manteau de plumes dorées avec un nez semblable à un bec et des yeux luisants. Son cou était légèrement tordu, comme s'il avait déjà été cassé et qu'il ne s'était jamais replacé correctement.

— Eh bien, Vengeur, tu sembles avoir échoué dans ta mission de capturer Prométhée ! dit le dieu.

La créature passa malaisément d'un pied sur l'autre.

— Je le trouverai dans le temps, siffla-t-il.

— Il y a d'abord du travail à faire à Troie, dit Zeus.

Le Vengeur soupira, et son souffle ressembla au bruit d'une râpe sur du bois dur.

— Achille ? Son corps a été brûlé. Je suppose que je dois maintenant emmener son âme à Hadès, aux Enfers ?

— De même que celle de Pâris, dit Zeus.

— Il est mort, lui aussi ?

— Hier. Un accident désagréable avec une flèche.

— Je ne peux dire que je suis désolé, dit la créature. Je n'ai jamais aimé son comportement pleurnicheur de petit lâche.

Zeus pointa du doigt vers les murs massifs de Troie.

— Tu les vois ? Leurs fantômes errent autour des murs en se demandant où aller.

Le Vengeur déploya ses ailes.

— Mon cher Vengeur ! dit Héra en souriant pour la deuxième fois dans la même journée. Lorsque tu auras achevé cette petite tâche, reviens me voir, d'accord ?

La créature hocha la tête avec raideur avant de s'élancer en une lente spirale vers les fantômes d'Achille et de Pâris.

Ils se disputaient.

— … et je dis que c'est bien fait pour toi ! dit Achille avec rage. Ce n'est pas comme si tu m'avais vaincu dans un combat à la régulière. Il a fallu que tu te caches sous le divan de ta sœur comme… comme un serpent. Et tu t'es ensuite tortillé sur ton petit ventre gras.

Pâris fit une moue.

— Mon ventre n'est pas gras.

— Il ne l'est plus maintenant, acquiesça Achille. Mais il l'était lorsque tu étais en vie. Je ne sais pas ce qu'Hélène te trouvait. Une femme si belle que son visage pouvait mobiliser 500 bateaux, et elle s'est enfuie avec un ver couvert de mauvaises herbes comme toi !

— C'étaient 1 000 bateaux en réalité, cria Pâris tandis que les vents des plaines soufflaient à travers lui. Et vous, les Grecs, avec vos 1 000 bateaux, ne pouvez toujours pas prendre Troie. Ils n'y arriveront jamais.

— Tu veux parier avec moi ? dit Achille, qui l'aurait dit entre ses dents serrées s'il en avait eues.

Il donna une bourrade du doigt à l'épaule de son ennemi, mais le résultat ne fut pas fameux. Le doigt fantomatique d'Achille passa à travers l'épaule fantomatique de Pâris.

— Excusez-moi, messieurs, les interrompit un personnage à plumes. Voudriez-vous venir avec moi ?

— Tu peux nous voir ? dit Achille, qui aurait cligné des yeux s'il avait eu des paupières. Personne d'autre dans le camp grec ou dans la cité ne peut nous voir.

— Je sais, gémit Pâris. Je suis allé voir mon ex-femme, Œnone, au moment où elle était sur le point de se jeter dans le feu de mes obsèques, et je lui ai dit : « Est-ce que ce n'est pas bien fait pour toi ? » Et vous savez qu'elle a agi comme si je n'étais pas là. Je me suis senti comme un véritable imbécile !

— Tu es un imbécile, grogna Achille, qui aurait fait une moue dédaigneuse s'il avait eu des lèvres.

— Écoute-moi bien, Achille… commença Pâris.

Le Vengeur se glissa entre les deux.

— Pâris, ferme-là. Je vous emmène tous les deux et je ne veux pas que vous vous querelliez comme des rats dans un nid.

— Des rats ? Ça fait des années que je n'ai pas goûté à un rat, soupira Pâris.

Mais Achille avait d'autres choses en tête.

— Où nous emmènes-tu, démon à plumes ?

— Je vous emmène chez le dieu Hadès, aux Enfers.

Pâris aurait roulé ses yeux avec horreur s'il avait eu des yeux à rouler.

— Oh, quel enfer ! dit-il.

— Exactement, dit le Vengeur en passant une aile autour de chaque guerrier décédé.

Le sol sembla s'ouvrir sous leurs pieds, découvrant un grand escalier qui menait tout droit vers les ténèbres de la mort.

SIX

CITÉ D'ÉDEN – 1795

Vous vous souvenez peut-être que nous avions laissé mon histoire en suspens à l'Auberge Tempête sur la rive de la cité d'Éden. Le maire Makepeace et les habitants de cette cité sinistre semblaient croire que nous étions la réponse à leurs prières. Cette cité était en état de siège – tout comme Troie. Et maintenant, tout comme Troie, ils avaient une Hélène sur place pour se joindre au combat. Moi.

Papa s'est bien amusé ce soir-là. Il était assis au bar de l'Auberge Tempête et racontait des histoires mettant en scène ses fabuleux exploits. Le bar était noir de monde et on aurait dit que chacun voulait payer un verre à Papa. J'étais assise bien tranquille dans un coin et buvais une boisson à la salsepareille à petites gorgées. Je venais de passer une heure à coller nos affiches un peu partout dans la cité et c'était un travail qui donnait soif.

Maintenant que la terreur du tour de ballon s'était dissipée, je me sentais soudainement à plat – un peu comme le ballon, en réalité. Et les histoires de Papa n'étaient qu'un tissu de mensonges de toute façon.

— Ce sont les frères Montgolfier eux-mêmes qui m'ont enseigné à voler. Nous offrions des représentations du Carnaval des dangers à Paris lorsqu'ils sont venus nous voir. Ils voulaient que je mette leur ballon à l'essai pour eux. Ils avaient fait voler des canards et des porcs, mais aucun être humain n'avait jamais eu le courage de voler. Ils se sont tournés vers nous.

Un vieil homme édenté se pencha vers l'avant.

— J'ai vu votre affiche à propos de ce garçon que l'on tire avec un canon. Je suppose qu'il a volé…

— Grégoire le Grand? dit Papa en éclatant de rire. Greg ne fut pas si grand ce jour-là. Il n'a pas d'objection à se faire expulser dans un filet, mais la vérité est qu'il a peur des hauteurs. S'il doit monter plus de 10 marches d'escalier pour aller se coucher, il saignera du nez!

La foule la trouva bien drôle. Le vieil homme sans dents suçota son pouce. Sa femme, qui avait encore moins de dents, lui lança une boutade.

— Ça saute aux yeux, vieux bouffon, se moqua-t-elle. C'est aussi évident que la trompe sur la face d'un éléphant – ce fut assurément ce capitaine Dare! S'il peut plonger dans un bassin d'eau enflammée depuis une haute tour, il doit avoir eu le courage de voler dans ce ballon – il doit être bien plus brave qu'un satané porc savant, dit-elle.

— Faux! dit Papa en riant, et le vieil homme en profita pour asséner un coup de coude dans les côtes de sa femme en lui disant qu'elle n'était pas si intelligente que ça, finalement.

Un homme aussi mince qu'un épouvantail prit la parole.

— Ne nous dites pas que ce fut Mademoiselle Cobweb la funambule? Elle a l'habitude d'être dans les airs. Ne nous dites pas que le premier homme dans l'espace fut une femme?

— Mademoiselle Cobweb s'est réellement portée volontaire pour voler avec le ballon, dit Papa en hochant la tête.

La foule en eut le souffle coupé d'étonnement et l'homme épouvantail semblait bien fier de lui.

— Mais je ne pouvais pas la laisser prendre ce risque, continua Papa. Non, monsieur, il y avait seulement un héros avec assez de courage, de sang-froid, de cran et de style pour relever cet énorme défi…

Il y eut un silence complet dans la salle. Un observateur aurait pu entendre la bière s'écouler goutte à goutte depuis les tables sales jusque sur la sciure de bois qui recouvrait le plancher. Papa regarda autour de lui. Il fit durer le suspense aussi longtemps qu'il le put. Il parla ensuite à voix basse.

— Le premier homme à voler sans attaches fut nul autre que… le docteur Dee lui-même !

— Oh ! dit la foule en chœur comme si tous les gens présents venaient de retenir leur souffle pendant 20 secondes – ce qui était probablement le cas.

Le vieil homme se pencha vers l'avant.

— Qui est-ce ?

Papa sembla quelque peu agacé.

— *Moi*, bien sûr. Le magnifique docteur Dee en personne. Vous, monsieur, avez l'honneur de payer un verre au plus grand aviateur que le monde ait connu.

— Vous êtes un navi-a-quoi ?

— Un a-vi-a-teur… un homme-oiseau.

— Je ne vous ai pas payé de verre, dit le vieil homme.

— Alors, voilà votre chance ! dit Papa, et la foule se mit à rire.

Le vieil homme se leva de sa chaise et marcha vers le bar en se traînant les pieds. Il compta les quelques pièces que contenait sa mince bourse. Ses dernières pièces de monnaie, selon toute vraisemblance.

Papa le regarda en ayant l'air de lui dire : «Bonne poire, va.» L'avidité de Papa pouvait parfois le rendre plus cruel que le vent du Nord en plein hiver. Je me frayai un chemin dans la foule et glissai un billet de banque dans la main ratatinée du vieil homme.

— Le docteur Dee aime bien rigoler, mais il ne tient pas vraiment à ce que vous lui payiez un verre. Prenez ce billet et achetez-vous-en un aussi comme à votre femme.

Il me regarda de ses yeux pleins de larmes.

— Eh bien, merci, mademoiselle !…

— Cobweb, lui dis-je.

— Je m'appelle Waters, dit-il. Merci, mademoiselle Cobweb.

— Ça me fait plaisir.

Je retournai déguster ma boisson à la salsepareille et eus droit à une autre heure d'histoires racontées par Papa. Une horloge en arrière-plan sonna minuit et le shérif Spade ouvrit les portes de la salle en passant son message.

— Allez, Messieurs, Dames, c'est la fermeture. Rentrez tous à la maison avant que je sois dans l'obligation de vous arrêter tous autant que vous êtes !

La foule bougonna, mais se leva dans un cliquetis de chaises et de tabourets avant de sortir dans la nuit à pas traînants.

Le shérif s'approcha de Papa et lui parla rapidement à voix basse.

— Écoutez, docteur, en tant que shérif, je devrais vraiment avoir le meilleur mousquet qu'il soit possible d'acheter. Combien cela me coûterait-il ?

— Vingt dollars, dit Papa en vitesse.

Le shérif sourit et sortit sa bourse.

— C'est tout ? Je m'attendais à devoir payer deux fois plus !

Papa s'étouffa presque avec sa bière.

— Ah, oh, ahh! s'exclama-t-il. Vous voulez dire que vous voulez un modèle à chargement rapide muni d'une pierre à briquet et d'une crosse en chêne, genre Sarrasin Spécial?

— Je… j'imagine, oui.

— On parle alors d'une soixantaine de dollars, dit Papa.

Le visage du shérif laissa paraître sa surprise.

— Tant que ça?

Papa prit le portefeuille dans sa main et l'examina.

— Vous avez bien 50 dollars ici, hein? Je vais vous dire, dit-il en extirpant les billets de banque. Je serai peut-être en mesure de vous obtenir un prix spécial – vous êtes un policier, après tout. Je vous en obtiendrai un pour seulement 50 dollars. Ne le dites à personne sinon tout le monde en voudra un!

Le shérif Spade sembla inquiet.

— Cela ne fonctionnerait pas du tout. *Je* dois être le seul homme dans la cité à posséder le meilleur mousquet.

Papa passa son bras autour de l'épaule du policier et le guida vers la porte.

— Ne vous inquiétez pas, shérif. Je peux perdre un peu d'argent dans l'affaire, mais je le ferai parce que je vous apprécie.

— Vous m'appréciez? dit le shérif, fort étonné.

— Certainement.

— Personne d'autre ne m'apprécie!

— Ils vous apprécieront tous lorsque vous posséderez un Sarrasin à chargeur rapide. Ils vous respecteront.

Il posa sa main entre les épaules du petit homme et le poussa doucement dans la nuit. Il mit l'argent dans sa poche intérieure.

— Ce sont tous de bonnes poires, me dit-il.

— Peux-tu vraiment obtenir un Sarrasin à chargeur rapide aussi bon marché?

Papa fit une grimace de douleur.

— Oh! Nell! Tu me déçois. Je pensais que tu me connaissais mieux que ça.

Il leva le poing et m'expliqua son plan en énumérant ses étapes avec les doigts.

— Premièrement, ça n'existe même pas, un Sarrasin à chargement rapide. Deuxièmement, une fois que nous aurons quitté les lieux, nous ne reviendrons pas avec une provision d'armes à feu. Nous prendrons tout simplement l'argent et filerons à l'anglaise. Si chaque bonne poire de cette cité nous donne son argent aussi facilement que le shérif, alors nous ferons une fortune, Nell, une fortune.

Papa avait bien réussi quelques arnaques de premier plan dans sa jeunesse, mais celle-là était de loin la plus grosse jamais tentée.

— Nous ne pourrons jamais réussir ce coup-là, dis-je.

— Fais-moi confiance, je suis docteur. Nous serons riches.

Je secouai la tête.

— Mais ces gens sont en état de siège. Si les Sauvages décident d'attaquer et que les habitants de la cité d'Éden n'ont aucune arme à feu, ils pourraient tous être tués. Tu ne fais pas que les voler; tu les trahis! argumentai-je.

Papa sembla mal à l'aise.

— Ils n'ont pas besoin de plus d'armes à feu pour tenir à distance une armée d'hommes munis de haches en pierre et de flèches. Les Sauvages en auront bientôt assez de ce siège et quitteront les lieux. Ils doivent se rendre à leurs campements d'hiver plus au sud prochainement. Tu verras. C'est presque trop facile, conclut-il en souriant d'un air satisfait.

Bien sûr, *rien* n'est *jamais* aussi facile. Il y a toujours une attrape. Je ne l'ai toutefois pas su avant de me lever de mon matelas infesté de punaises et de quitter la chambre à coucher humide de l'Auberge Tempête le lendemain matin.

Le dodu maire Makepeace était assis à une table avec Papa, tandis que ce dernier mâchait un morceau de pain dur et du fromage malodorant.

— La nourriture disponible dans la cité d'Éden n'est pas très bonne, dit le maire, mais lorsque vous serez de retour avec ces armes à feu, nous chasserons les Sauvages et vivrons comme des seigneurs. Et vous, docteur Dee, serez traité comme le plus grand seigneur de la ville – et ma foi, ils pourraient bien élever une statue à votre effigie… tout juste derrière la mienne !

Papa sourit.

— Cette perspective me réjouit, dit-il. Avez-vous la commande d'armes et l'argent comptant ? Deux cents dollars devraient suffire pour vous procurer toutes les armes dont la cité a besoin.

Le maire au visage de belette sortit un rouleau de papier de sa poche et le remit à Papa de l'autre côté de la table.

—Votre ballon pourra-t-il transporter toutes ces armes à feu ?

— Monsieur, dit Papa, nous avons mené des essais à Rome, et ce ballon a été en mesure de soulever un éléphant du sol.

— Je croyais vous avoir entendu dire que ce ballon avait été mis à l'essai à Paris, lui rappela le maire.

— Oui, bien sûr, Monsieur, mais nous avons voyagé partout en Europe avant de venir sur votre vaste continent, mentit Papa.

Les petits yeux du maire clignèrent rapidement et sa voix devint aussi faible qu'un couinement de souris.

— Je suis désolé, doc, mais je dois vous dire qu'un ou deux citoyens de la cité d'Éden sont… euh… quelque peu inquiets.

Papa s'adossa dans un geste de surprise et haussa un sourcil.

— Inquiets ?

Le maire posa un lourd sac d'argent comptant sur la table.

— Inquiets que vous puissiez prendre l'argent, vous envoler et ne jamais revenir.

Papa ne laissa pas voir une seconde sa surprise que son plan ait ainsi été découvert.

— Alors… ils veulent que je vous prenne avec nous ? Il n'y a pas de place dans la nacelle. Pas une fois toutes ces armes à feu chargées à bord, ajouta-t-il en pointant la liste de ses longs doigts.

— Non, ils ne veulent pas que vous me preniez avec vous – vous ne pourriez me faire monter dans un de ces monstres modernes. Non. Ils veulent que vous laissiez le canon ici.

Papa hocha la tête. Le maire tourna soudainement son gros nez à la forme indistincte dans ma direction.

— Ils veulent aussi que vous laissiez la fille ici.

J'en eus le souffle coupé.

— Ils ne peuvent pas faire ça, Papa !

Papa leva une main.

— Une police d'assurance pour vous, un otage volontaire, je comprends bien cela. La petite Nell est la chose la plus précieuse à mes yeux dans le monde entier… la plus précieuse à part une chose…

— Une chose ? demandai-je.

— Une chose ? reprit le maire.

— Une chose. Mon honneur. Si je quitte la cité d'Éden et que je fais la promesse d'y revenir, tous les Sauvages du monde ne m'empêcheraient pas de le faire. Ma promesse est plus solide que l'acier le plus dur. Ma parole est aussi précise que le viseur d'un fusil sarrasin. Je n'ai pas *besoin* de laisser ma petite Nell ici.

Le maire mâcha un morceau de pain dur et porta sa langue sur un grain qui était coincé entre ses dents.

— La fille reste ou nous n'avons plus d'entente.

Papa écarta les mains.

— Ô combien plus cruelle que la dent du serpent est l'ingratitude du public, comme l'a dit William Shakespeare[15].

— Il a dit cela ?

— À peu de mots près. Je suis profondément blessé par vos soupçons. Toutefois, en y pensant bien, il est préférable que je laisse Nell ici.

—Vraiment ? criai-je.

— Eh bien, oui. Moins j'ai de poids à porter, plus de poudre et de balles je pourrai rapporter de la cité d'East River. Et puisque je compte revenir, tu n'es pas du tout un otage !

— Je ne suis pas un otage ?

— Non, Nell, ma petite chérie. Tu as besoin d'un peu de repos. Un jour ou deux dans la cité d'Éden ne te fera pas de mal.

— Mais… dis-je, en commençant à soulever une objection.

Papa me lança un regard en guise d'avertissement et me fit comprendre de demeurer bien calme d'un signe de la main.

— Mais… je vais m'ennuyer de toi, mon cher Papa ! dis-je en reniflant.

(Papa n'était pas le seul à pouvoir jouer la comédie.)

— Ça ne sera pas bien long, ma chère enfant adorée. Lorsque je serai dans le ciel et que je baisserai les yeux vers la cité d'East River, ta chère mère sera dans le ciel et te regardera d'en haut. Elle te protégera pendant que je serai parti.

— Elle n'est pas m…, commençai-je à dire avant de m'étouffer quelque peu pour aussitôt me reprendre. Elle n'est pas m…ontée au ciel rejoindre les anges tout en m'ayant oubliée ?

— L'amour d'une mère ne meurt jamais, soupira Papa.

Le maire se moucha dans un mouchoir malpropre avant d'essuyer une larme avec le même mouchoir souillé.

15   Papa avait été comédien avant ma naissance. Il disait que d'être un forain n'était pas tellement différent en soi.

— L'amour d'une mère ne meurt jamais. Shakespeare a aussi dit cela ?

— Non, dit Papa. C'est de moi.

Il ramassa le sac d'argent et sourit.

— Bonne journée, maire Makepeace. Nous partons dans une heure.

Le maire se leva lentement de sa chaise.

— Mais le vent vient toujours de l'est. Si vous décollez maintenant, vous serez transportés *encore plus* à l'ouest. Vous serez dirigés directement vers les plaines et le campement des Sauvages ! Nous avons remarqué que dans ce coin de pays, les vents virent et soufflent de l'ouest en soirée. Pouvez-vous voler de nuit ?

Les yeux de Papa devinrent plus petits.

— Voilà qui est encore mieux, dit-il. Encore mieux. Nous partons ce soir !

— Nous ? demanda le maire en me regardant.

— Euh… je veux dire que *je* pars ce soir !

Le maire hocha la tête et nous laissa seuls dans la salle du bar. Je pouvais voir le piège se refermer sur moi, comme cette autre Hélène, dans la cité de Troie en état de siège. Enfin, pas exactement comme cette autre Hélène – parce que j'étais plus jolie et qu'elle était accompagnée de Pâris. Je serais toute seule.

— Papa, dis-je. Tu n'as pas vraiment l'intention de me laisser ici, n'est-ce pas ?

— Ne sois pas stupide, Nellie. Ce n'est pas du tout mon intention.

— Je m'appelle Nell, lui dis-je.

SEPT

LES ENFERS – IL Y A 4 000 ANS

Je ne sais pas à quoi ressemblent les Enfers. Il faut être mort pour pouvoir y aller[16]. J'en ai toutefois entendu parler et vous devez me faire confiance quand je vous dis que ce n'est PAS le genre d'endroit où vous voudriez aller pour faire un pique-nique. Ce n'est même pas un endroit où vous iriez pour un voyage scolaire et ces derniers ont l'habitude d'être assez désagréables. Les Enfers, c'est encore plus répugnant que le mouchoir du maire Makepeace.

Achille et Pâris marchaient en se traînant les pieds le long des sombres couloirs, et le parfum de la mort aurait rempli leurs narines… s'ils avaient eu des narines.

16   Je suis sûre qu'un petit lecteur futé dira quelque chose comme ceci : «Ah ! UN homme vivant nommé Orphée descendit aux enfers pour récupérer sa femme Eurydice qui venait de mourir. Eurydice allait pouvoir revivre si, au cours du voyage de retour, Orphée ne regardait pas en arrière. Il transgressa l'interdiction, perdit sa femme pour toujours et fut déchiré par les bacchantes.» D'accord, je connais l'histoire d'Orphée. Il n'en demeure pas moins que je ne suis pas Orphée et que la PLUPART des personnes qui vont aux Enfers sont mortes à ce moment-là.

— Je suis heureux de ne pas avoir de narines, murmura Pâris.

—Vas-tu te plaindre jusqu'à ce qu'on arrive aux Enfers? demanda Achille.

— Non. Je dis seulement que ce n'est pas un endroit plaisant.

Achille se tourna vers lui et le regarda férocement.

— Nous NE SERIONS PAS ici si ce n'était de ta petite astuce stupide.

Le Vengeur s'arrêta et se retourna.

— Je vous ai avertis de ne pas vous disputer. Vous m'ennuyez. Et si je suis ennuyé, je vais dire au grand dieu Hadès des Enfers d'inventer de nouvelles et désagréables tortures juste pour vous.

Pâris aurait haussé les sourcils… s'il en avait eus[17].

— Mon vieux copain Achille, comme il est agréable d'être ici en ta compagnie. Ennemis dans la vie, mais meilleurs amis dans la mort.

— Hein? Oh oui! Je trépigne d'impatience à l'idée de passer du temps avec toi à bavarder des vies que nous menions à Troie. C'était une bataille difficile, mais elle a donné la chance à des héros comme nous de montrer au monde ce dont nous étions capables.

Le Vengeur siffla.

— Nul besoin d'exagérer.

Il les conduisit le long d'un sentier taillé dans la pierre chaude. Chaude mais humide, et un peu de vapeur s'en dégageait.

— Nous approchons de la rivière Styx, dit-il.

---

17   Pensez-vous que je peux cesser de toujours dire ces «s'il en avait eus»? Ce sont des fantômes. Ils n'ont pas de corps, alors ils ne peuvent faire ce que font les autres humains. Maintenant que vous avez compris cela une fois pour toutes, je peux prolonger l'espérance de vie de ma plume à réservoir et économiser de l'encre en vous laissant ajouter les «s'il en avait eus» chaque fois que c'est nécessaire. D'accord? Parfait. Laissez-moi maintenant retourner sur le chemin des Enfers. C'est mon intention.

— Oh, le Styx ! C'est dans cette rivière que ma mère m'a plongé quand j'étais bébé, dit Achille.

—Vous devrez payer à Charon le passeur une obole chacun pour la traversée, leur dit le guide à la silhouette d'aigle.

— Je n'ai pas d'argent ! cria Achille. L'argent ne sert à rien sur un champ de bataille.

— Ne t'inquiète pas, lui dit Pâris. J'en ai amplement. J'avais pu rassembler un bon butin à Troie. L'ennui est qu'il n'y avait rien à acheter. Pour être honnête, je suis bien heureux d'avoir quitté cet endroit misérable.

— Ce n'était pas vraiment plus amusant sur les plaines venteuses, dit Achille.

— Comment était-ce ?

—Venteux.

Le Vengeur émit un son grinçant qui aurait pu être un éclat de rire.

—Vous changerez probablement d'avis une fois arrivés aux Enfers. Vous allez peut-être supplier Hadès de revenir à Troie !

Les guerriers s'arrêtèrent.

— Nous allons vers le pays des héros. Les Îles des Bienheureux, n'est-ce pas ? demanda Pâris.

Le Vengeur éclata de rire de nouveau.

— C'est ce que vous croyez ?

Il tourna ses yeux scintillants vers les fantômes.

— Lorsque vous aurez traversé la Styx, vous arriverez dans la Plaine des Asphodèles. C'est là où les gens ordinaires errent en tant que fantômes. Mais vous n'êtes pas des gens ordinaires. Vous êtes des tueurs !

— Des guerriers ! objecta Achille.

—Vous passerez ensuite au prochain niveau des Enfers et serez conduits vers le Tartare. Je suis sûr que le seigneur Hadès pensera à une punition appropriée pour vous !

— Une punition ? Quel genre de punition ?

Les épaules voûtées du Vengeur se haussèrent tandis qu'il continuait de marcher.

— Tantale se trouve là. Il est affamé et assoiffé. Il se tient debout dans un lac et a de l'eau jusqu'au cou, mais le lac s'assèche quand il se penche pour boire. Il y a aussi des arbres fruitiers juste au-dessus de sa tête. S'il tente d'atteindre les branches, celles-ci s'éloignent.

— Voilà qui est désagréable, murmura Pâris. Je n'aime guère cette idée. Qu'a-t-il fait pour mériter cela ?

— Il a donné la nourriture des dieux aux humains, se moqua le personnage à la forme d'oiseau.

— Oh ! dit Achille en hochant la tête. Tout comme Prométhée a été puni pour avoir donné le feu aux humains !

Le Vengeur s'arrêta brusquement. Sa voix était maintenant aussi dure que de l'acier pointu sur un os vivant.

— Ne me PARLEZ PAS de Prométhée. Dès que j'en aurai fini avec vous, je vais le retrouver et le détruirai totalement. Il ne s'échappera pas. Je lui ferai regretter d'être né, même si cela me prend une éternité. Dépêchez ! Dépêchez ! Je veux retourner suivre sa trace !

Les fantômes se hâtèrent.

— Je pensais que les Enfers étaient un endroit plaisant, bougonna Achille.

— Les gens qui ont vécu de bonnes vies tournent à droite à la fourche et atteignent les Champs Élysées, où on chante et on danse, expliqua le Vengeur. Quelques-uns retournent dans le monde supérieur à partir de là, et s'ils meurent et retournent trois fois aux Champs Élysées, ils passent ensuite le reste du temps dans les Îles des Bienheureux où la douleur est bannie.

— Voilà une idée que j'aime ! cria Pâris. Avons-nous une quelconque chance de pouvoir nous y rendre ?

— À peu près aucune, cracha le grand oiseau. Vous voici maintenant arrivés à la rivière Styx. Glissez-vous dedans.

Une large rivière sans vie s'étirait devant eux. Elle ne brillait ni ne miroitait comme une rivière terrestre. Ici-bas, même la lumière du jour était morte.

— Je pensais que nous devions payer pour traverser la rivière à bord de la barque de Charon, dit Pâris. Mon obole est prête.

— Glissez-vous dans la rivière Styx et vous aurez de nouveaux corps quand vous en sortirez. Nous ne pouvons vous torturer si vous n'avez pas de corps.

L'oiseau déploya ses ailes et les héros tombèrent à la renverse dans la rivière empoisonnée. Ils remontèrent à la surface en crachotant et en nageant pour leur vie… ou peut-être nageaient-ils pour leur mort ?

Ils se hissèrent sur la rive avec difficulté, là où le Vengeur les attendait.

Mais les héros de guerre ne le regardaient pas. Les bras leur tombèrent (ils avaient des bras à présent). Leurs yeux étaient fixés sur le monstre qui se tenait face à eux à côté du Vengeur.

— Bon dieu ! Qu'est-ce que c'est que ça ? souffla Pâris.

La créature était grossièrement humaine, mais son corps était presque carré. Il devait l'être. Ses 50 têtes se trouvaient sur le rebord supérieur du carré, et elle avait 50 bras de chaque côté de son corps.

Le Vengeur fit les présentations.

— Voici Hécatonchire.

— Salut, les gars ! dirent les 50 têtes.

Cet accueil aurait pu rendre sourds les deux héros, mais l'air des Enfers assourdissait même les bruits les plus forts.

Pâris agita quelques doigts.

— Salut, Hec !

Achille se tenait les bras et les jambes écartés, tel un lutteur prêt à livrer bataille avec le monstre.

— Je suis le puissant Achille. Eh bien, espèce de monstre, montre-moi le pire dont tu es capable!

— Oh! Il ne parle pas un peu bizarrement, celui-là? dit la tête numéro 35.

Les autres têtes reconnurent qu'il parlait très bizarrement.

— Un peu comme cet Hector à qui nous avons eu affaire le mois dernier, dit la tête numéro 3, entraînant un autre hochement de tête collectif.

—Vous savez ce qu'on dit? cria la tête numéro 14.

Et toutes les autres têtes répondirent en chœur:

— Plus ils sont puissants, plus la chute est dure!

Et les 50 têtes éclatèrent de rire, tandis que les 100 bras se frappaient les côtés du corps.

— Choisissez votre arme, créature des Enfers! cria Achille.

Les têtes rirent sottement.

— Oh! Créature des Enfers, hein? Sachez, jeune homme, que les coups de bâton et les lancers de pierres peuvent peut-être me briser les os…

Ce à quoi les autres têtes répondirent:

— …mais les mots ne me blesseront jamais!

Achille devint rouge de colère pendant que Pâris semblait juste quelque peu inquiet.

— Choisissez votre arme! hurla Achille, mais sa voix vint mourir sur les sombres cailloux de la rive de la rivière empoisonnée.

— Les pierres! dit la tête numéro 3. Nous choisissons les pierres!

Et la troisième paire de bras fit un signe de la main en direction des pierres qui jonchaient la rive.

Achille se pencha pour ramasser une pierre. Hécatonchire tendit ses paires de mains vers sa droite et ses 100 mains ramassèrent chacune une pierre.

Le poids était cependant trop important à soutenir même pour ses grands pieds. Le monstre tenta de se redresser, mais il vacilla avant de tomber sur le côté. Les pierres s'écrasèrent en un morne cliquetis sur la rive. Hécatonchire se remit sur ses pieds.

— Désolé, les copains, dit la tête numéro 35.

— Ça se passe toujours comme ça, dit la tête numéro 3.

Et les autres têtes acquiescèrent.

— Toujours.

Pâris fit quelques pas vers l'avant.

— L'ennui, c'est que vous n'utilisez pas votre cerveau.

— *Nos* cerveaux, lui rappela la tête numéro 14.

— *Vos* cerveaux, alors, dit Pâris en hochant sa seule tête. Vous devriez vous pencher vers la droite et prendre cinq pierres dans vos mains droites. Ensuite, vous vous penchez vers la gauche et vous prenez cinq autres pierres dans vos mains gauches. Cinq à la fois. Vous faites cela 10 fois vers la gauche, et ensuite 10 fois vers la droite, et vos mains seront complètement chargées. De cette façon, vous seriez toujours en équilibre, n'est-ce pas ?

— Je suppose qu'il a un point, là, dit la tête numéro 35.

— Nous pouvons l'essayer, suggéra la tête numéro 3.

— Oui, essayons-le, dirent les autres têtes.

Ce fut d'abord un travail assez lent de se pencher vers la droite puis vers la gauche.

— Gauche… deux-trois-quatre-cinq… et droite… deux-trois-quatre-cinq !

Le monstre était en équilibre.

— Et gauche… deux-trois-quatre-cinq… et droite… deux-trois-quatre-oops !

Pâris applaudissait de joie.

— Ça fonctionne !

Achille grogna.

— Tu dois vraiment emprunter un des cerveaux de ce monstre, car on dirait bien que tu as égaré le tien !

— Ah oui ? Pourquoi ?

Achille secoua la tête d'un air las.

Quelques pierres furent échappées. La tête numéro 17 lâcha un juron très grossier qui choqua les autres têtes. Mais après un certain temps, le monstre parvint à adopter le rythme «gauche… deux-trois-quatre-cinq… et droite… deux-trois-quatre-cinq» et eut bientôt une centaine de pierres dans une centaine de mains.

— Parfait ! Nous sommes prêts quand vous l'êtes, dit la tête numéro 35 d'Hécatonchire à Achille. Ce dernier s'élança et lança sa pierre, qui vint frapper le nez de la tête numéro 25, qui hurla sa douleur.

Un instant plus tard, les 100 pierres d'Hécatonchire vinrent s'abattre sur Achille. Son armure fut écrasée comme l'aurait été la coquille d'un escargot sous le sabot d'un cheval. Son nouveau corps était mutilé et tordu, brisé et battu. Une tête imbibée de sang prise dans un casque déchiqueté émergea d'une pile de pierres. Pâris enleva une pierre de la bouche d'Achille et les nouvelles dents du héros déchu tintèrent sur le sol.

— Ça va ? demanda le prince de Troie.

— Wa-wa-wah ? Wa wa-wah, waa-waa-waa-wah ! dit Achille, tandis qu'un jet de sang jaillit de ses lèvres déchirées[18].

— Je n'ai fait que demander, dit Pâris.

— Ça alors ! dit Hécatonchire avec au moins 40 de ses têtes.

18   Vous n'avez bien sûr pas besoin que je vous dise ce que ces mots signifient. Vous dites que vous voulez le savoir ? Très bien. Voici la traduction de ce qu'Achille a dit : «Si ça va ? Qu'en penses-tu, espère d'idiot ?»

— Ça fonctionne vraiment bien, n'est-ce pas? dit la tête numéro 35. Nous savons maintenant comment nous charger de pierres! Nous serons imbattables!

Le corps d'Achille guérit rapidement – après tout, c'était un immortel. Il avait un nouveau corps qui pouvait être blessé et déformé, mais qui ne se détruirait jamais. De nouvelles dents poussèrent là où les autres avaient disparu et sa chair se régénéra sans laisser une cicatrice. Il poussa le tas de pierres et se releva sur ses jambes chancelantes, mais guéries elles aussi.

— Si nous avions pu compter sur une telle créature à Troie, nous aurions remporté la guerre en 10 minutes, et non en plus de 10 ans!

— C'est une bonne chose finalement que ça ne soit pas arrivé, dit Pâris en riant.

Achille le regarda fixement avec ses tout nouveaux yeux et fut sur le point de siffler quelque chose à travers ses toutes nouvelles dents. Mais il s'arrêta. Il agrippa Pâris par le bras et l'éloigna du Vengeur. Il parla si faiblement que même les oreilles de l'aigle ne purent entendre les mots du héros.

— Nous ne pouvons pas demeurer dans ce terrible endroit. J'ai un plan pour nous sortir d'ici. Tu n'as qu'à me soutenir et à être d'accord avec moi... peu importe à quel point cela peut te sembler étrange.

— Oui, dit Pâris en hochant la tête.

— Oui quoi?

— Oui, je suis d'accord avec toi. Tu viens de me dire de faire ça.

Achille se demanda si son vieil ennemi ferait un ami très utile, mais il se tourna tout de même vers le Vengeur.

— Vengeur!

— Oui, Achille, qu'est-ce qu'il y a? C'est que je suis pressé.

— Je sais. Vous voulez vous remettre à la poursuite de ce vilain Prométhée.

— Ce sont mes affaires.

— Non ! Ce sont les affaires de tous. Un demi-dieu dangereux ne peut être ainsi en cavale, dit Achille.

— Je suis d'accord, dit Pâris.

— C'est pourquoi les dieux disposent d'un Vengeur comme moi, répondit hargneusement l'oiseau en faisant claquer son bec.

— Et vous êtes si mal traité par les dieux. Ils vous envoient accomplir une tâche impossible. Même si vous trouvez Méthée, vous aurez de la difficulté à vous en charger tout seul.

Le Vengeur ressentit de la douleur dans son cou tordu et savait que c'était vrai.

— Peut-être, dit-il.

— Vous avez besoin de deux véritables héros pour vous aider.

— Oui, dit l'oiseau. Zeus s'attend à ce que je fasse tout. Poursuivre Prométhée à travers l'espace et le temps, et m'arrêter pour conduire des héros chez Hadès.

— C'est si injuste, soupira Achille. Je ne vous blâmerais pas si vous deviez avoir recours à l'aide de quelques experts.

— Oh ! Il n'y a aucun expert comme moi, dit le Vengeur en soulevant fièrement son bec dans les airs.

— Je suis d'accord, mais deux héros pourraient être utiles… des gens comme moi et Pâris.

— Oui, je pourrais profiter de l'aide de deux bons hommes…, dit le Vengeur en hochant la tête.

— Et d'un monstre, ajouta la tête numéro 17 d'Hécatonchire. Surtout depuis que nous avons appris à lancer une centaine de pierres en même temps !

Le Vengeur avait presque un sourire sur son bec.

— J'ai promis à Zeus que je vous conduirais auprès d'Hadès, Achille… mais je n'ai pas dit quand. Je pourrais toujours vous ramener ici une fois que nous aurons attrapé Prométhée, n'est-ce pas?

— Vous le pourriez, dit prudemment Achille avant de secouer la tête à l'intention de Pâris qui allait dire : « Pas si je peux faire en sorte que ça n'arrive pas ! »

— Mais Zeus ne me donnera jamais les ailes supplémentaires dont vous auriez besoin, soupira le Vengeur.

— Sa femme, Héra, le pourrait, dit Achille. Elle n'aime pas beaucoup Pâris, mais elle m'aime, moi.

Les yeux sauvages du Vengeur regardèrent profondément dans les yeux d'Achille.

— Je te prendrai avec moi, dit-il.

— Et moi ? dit Pâris.

— Et moi ? demanda la tête numéro 35.

— Oui. Ensemble, nous capturerons le Voleur de Feu et je le détruirai ! Je le détruirai !

Prométhée avait encore une fois atteint les étoiles les plus éloignées et avait suffisamment voyagé dans le temps. Il se dirigea donc vers la cité d'Éden en 1795.

HUIT

CITÉ D'ÉDEN – 1795,
LE JOUR SUIVANT NOTRE ARRIVÉE

Avez-vous déjà eu ce sentiment vraiment étrange que des choses ne cessaient de vous arriver? Des choses sur lesquelles vous n'aviez aucun contrôle? Un peu comme si quelqu'un vous déplaçait telle une pièce sur un échiquier? La façon dont les choses se sont produites ce jour-là semblait normale à l'époque mais, en rétrospective, je constate qu'un mystérieux «Destin» faisait se produire des choses. Si vous ne croyez pas au Destin, vous ne croirez pas ce qui s'est produit par la suite. Rapportez ce livre à la librairie ou à la bibliothèque. Obtenez un remboursement. Ne continuez PAS à le lire!

Prométhée dériva vers cette immonde bavure bordant la rivière qu'était la cité d'Éden avec ses grandes ailes blanches.

Il y était déjà venu une fois auparavant, dans le futur[19]. La cité était alors couverte par un nuage violet et jaune, vert et brun, gris et noir. Des tours sinueuses et des flèches pointues s'élevaient dans les brumes.

À présent, en 1795, la cité était plus petite et un mur de bois avait été érigé tout autour pour l'isoler des plaines vivantes recouvertes d'herbes ondoyantes. La cité d'Éden se dressait là comme une sombre verrue sur un beau visage.

Les bâtiments n'étaient pas si hauts à cette époque, mais ils pourrissaient tout en étant froids et humides, et les rues étaient sombres, sinueuses, pleines de trous et très sales.

Méthée demeura suspendu dans les airs et vit soudainement un éclair brillant de flamme jaune exploser sous lui. Cette explosion fut suivie par un sifflement, et un morceau de plomb lui transperça le bras.

Ses oreilles de demi-dieu entendirent un homme s'exclamer loin en bas.

— Je l'ai eu! J'ai touché ce grand oiseau! Il nourrira la famille pendant une semaine! Je l'ai eu!

Méthée vit que c'était un vieil homme aussi tordu qu'une rue de la cité d'Éden.

Une vieille femme au visage aigre caqueta.

— Imbécile! Si tu l'as touché, comment se fait-il qu'il ne soit pas tombé? Tu ne pourrais toucher une grange même si tu tirais de l'intérieur. Tu viens de gaspiller de la

19   Oui, je sais que cela semble plutôt étrange. Vous pouvez vous rendre dans un endroit où vous êtes déjà allé dans le PASSÉ, mais pas dans un endroit où vous êtes allé dans le FUTUR. Méthée était cependant un voyageur dans le temps. Il était allé dans la cité d'Éden en 1858, alors qu'elle était encore plus encrassée et laide que lorsque j'y étais. Cela semble peu probable, je sais, mais j'ai vécu pendant bon nombre d'années et je suis si âgée! Nous sommes TOUS des voyageurs dans le temps – c'est seulement que la plupart d'entre nous progressent vers l'avenir. Méthée pouvait progresser des deux façons.

poudre précieuse et un plomb que nous aurions pu utiliser contre les Sauvages !

— Je suis sûr de l'avoir touché, soupira l'homme en se dirigeant vers la cabane minable que le couple considérait comme sa maison.

— Pourquoi ne fais-tu pas quelque chose d'utile ? demanda la femme. Sors d'ici et va voler un pauvre étranger.

— Puisqu'ils sont pauvres, ça ne vaut pas la peine de les voler ! bougonna le vieil homme.

— Tu sais ce que je veux dire. Va voler maintenant. Je dois retourner à la pouponnière.

Méthée frissonna. Il avait donné le feu à ces humains. Ils l'ont utilisé pour faire de la fumée suffocante. Ils avaient appris à l'utiliser pour tuer.

« Ce n'était pas censé se passer comme ça », soupira-t-il en frottant son bras blessé. Il commençait déjà à guérir. « Peut-être que Zeus avait raison. Peut-être que les humains sont trop simplets pour qu'on leur donne le feu. Peut-être que c'est une bonne chose que je sois puni pour cela. »

Même un grand demi-dieu peut avoir de sombres pensées de temps en temps.

Méthée regarda les gens qui se hâtaient au sol. Il pouvait surtout voir des dos inclinés vers l'avant, car les citoyens de la cité d'Éden regardaient constamment leurs pieds pour s'assurer de ne pas marcher dans quelque chose de trop répugnant. Seul le chasseur d'oiseau avait levé les yeux.

Méthée avait vu une seule fille qui ne semblait pas se hâter. On aurait dit qu'elle errait dans la cité comme une étrangère. Ses cheveux bruns tiraient vers le roux et son visage était assez beau pour mobiliser 1 000 bateaux. En fait, c'était la fille la plus belle que vous auriez pu espérer voir dans la cité d'Éden… à travers le temps[20].

Je dérivais dans les rues, ne faisant que tuer le temps avant que la noirceur se pointe et qu'il soit l'heure de partir. Papa m'avait dit qu'il ne me laisserait pas ici. Il avait dit qu'il avait un plan… et qu'il m'en ferait part au souper.

Il m'avait envoyée préparer notre évasion afin que je cesse de gémir.

— Nous avons besoin d'un espace dégagé dans cette cité encombrée pour installer le ballon afin de le remplir de fumée. Nous avons ensuite besoin d'au moins un homme fort pour transporter le ballon vers cet espace dégagé. Tu t'en occupes.

— Et toi, que feras-tu ? lui avais-je demandé.

— Je vais me reposer… je dois être éveillé ce soir si je veux faire voler ce ballon au-dessus de la rivière jusqu'à la cité d'East River.

Il avait ensuite grimpé les marches conduisant à sa chambre de l'Auberge Tempête et m'avait laissée explorer la cité en solitaire.

Personne dans la cité d'Éden ne souriait à une étrangère ou ne prenait la peine de la saluer. Personne ne souriait, un point c'est tout. Les fenêtres des maisons et des magasins étaient recouvertes de crasse. Je suis un curieux type de personne – j'aime voir la façon de vivre des gens. J'errais donc dans les rues en regardant fixement à travers les fenêtres encrassées.

Les magasins avaient très peu de nourriture sur leurs tablettes – j'imagine que c'était une conséquence du siège. Et les vêtements accumulaient de la poussière sur les présentoirs,

20   Oui, ça va, cette belle fille, c'était MOI. Je sais que vous pensez que je raconte un petit mensonge en écrivant cela, mais je n'ai jamais vu de filles plus jolies que moi dans la cité d'Éden pendant que j'y étais. Non, honnêtement, je n'en ai VRAIMENT pas vues. Je devine que vous ne me croyez pas, mais je m'en fiche.

car les habitants de la cité d'Éden étaient trop pingres pour s'en procurer des nouveaux.

Les chevaux et les chariots occasionnels passaient bruyamment dans les rues, et il fallait s'esquiver en vitesse pour les éviter. Les trottoirs en bois craquaient et vous faisaient trébucher. Je songeai que c'était la raison pour laquelle les citoyens de la cité d'Éden marchaient la tête inclinée vers le bas, et qu'ils regardaient vivement de gauche à droite et de droite à gauche.

Je suppose que j'avais tort. Il y avait une autre raison pour laquelle les gens regardaient nerveusement autour d'eux comme si leurs vies en dépendaient. La raison était... que leurs vies en dépendaient. J'étais toutefois une étrangère. Je ne devais pas le savoir.

Je passai devant une maison qui semblait plus sale que les autres et me demandai ce qu'il y avait à l'intérieur.

La façade était aussi décolorée et sale que les autres maisons, mais celle-ci avait un tout nouvel écriteau rouge vif sur la porte. Ses lettres dorées disaient: «Le monde merveilleux des enfants de Mme Waters. La crèche la plus agréable en ville.»

Je regardai par la fenêtre du coin de l'œil. Le plancher de bois nu était couvert de berceaux. Certains de ces berceaux étaient si immobiles que des araignées avaient tissé leurs toiles autour comme dans l'histoire de la Belle au bois dormant.

Une femme s'installa sur une chaise, regarda un berceau et le balança. Un enfant pleurnichait et un autre toussait, mais la femme voûtée, qui était maigre comme un clou et qui portait un châle gris, les ignora complètement. Ses yeux étaient fixés sur un bébé. Elle nourrissait ce bébé à la petite cuillère en lui offrant du lait d'une tasse tout en poussant des roucoulements.

Elle sembla sentir mon regard sur son dos et se retourna, offrant à mes yeux un visage anguleux et dur. C'était un visage que j'avais vu à l'Auberge Tempête la nuit précédente.

Je m'éloignai rapidement le long de la morne rue en passant devant les ternes ruelles, cherchant un endroit assez vaste pour accueillir notre ballon. Je ne cessais cependant de regarder devant moi, ignorant les ruelles. C'est à ce moment que je découvris pourquoi les habitants de la cité d'Éden regardaient toujours d'un côté à un autre.

Il y avait des dangers dans les ténèbres, et des voleurs étaient même tapis dans l'obscurité de la lumière du jour. L'un d'entre eux attendit que je passe devant une sombre ruelle pour bondir derrière moi. Sa dure main se referma autour de ma gorge et me traîna dans le passage entre deux murs aveugles.

— Donne-moi ton argent ou je te couperai la gorge.

C'était la vieille main tordue d'un vieil homme tordu.

J'avais déjà séjourné dans des cités de cette nature et Papa m'avait appris comment traiter avec des gens de ce genre.

— Lâchez ma gorge, sinon vous m'étranglerez et n'obtiendrez jamais mon argent, répondis-je d'une voix rauque.

Il relâcha sa prise, mais demeura accroché à ma veste. Je me retournai pour le regarder. C'était le vieil homme édenté à qui j'avais payé un verre la nuit précédente à l'Auberge Tempête. J'avais eu pitié de lui !

Le conseil de Papa était le suivant : « Il faut semer la confusion dans la tête des bonnes poires. »

— Avez-vous de la monnaie ? demandai-je.

— Quoi ?

— Je n'ai pas de monnaie. Je n'ai que des billets de banque. Dites-moi combien vous voulez et voyons si vous avez de la monnaie.

— Enfin… j'ai 50 cents, dit-il.

— Montrez-les-moi.

Il réussit non sans mal à tenir ma veste d'une main et à fouiller dans sa poche de l'autre. Il en retira quelques pièces de monnaie et me les montra.

Je pris la moitié de ces pièces dans ma main.

—Vous voyez, je n'avais pas de monnaie. Si vous ajoutez 0 cent à 50 cents, vous obtenez 50 cents. La moitié de cinquante, c'est vingt-cinq, n'est-ce pas?

— Oui.

—Je prends vingt-cinq et je vous laisse 25 cents. Nous avons chacun 25 cents et nous sommes heureux tous les deux!

— O-oui! dit-il en fronçant les sourcils et en lâchant ma veste.

Vous ne croirez pas ce qui s'est passé ensuite[21].

Il y eut un bruissement de plumes et une énorme silhouette tomba du ciel grisâtre dans la ruelle encore plus grisâtre. Un homme avec des ailes blanches fixées sur son dos se posa derrière le vieux voleur. C'était un grand jeune homme avec la peau couleur de bronze et des muscles aussi lisses et gonflés que notre ballon.

Son visage était aussi beau que le mien. Ses cheveux étaient un peu trop longs et semblables à des cheveux de fille, mais personne n'est parfait. Il tendit la main et agrippa le voleur par le col de sa veste en loques.

—J'ai vu qu'il avait tenté de te voler, dit l'étranger.

Il était vêtu d'une légère tunique légère sans manches et ne portait pas de pantalon. Je me dis que ça ne devait pas être bien chaud comme vêtement.

Je suppose que vous, lecteur, vous seriez évanoui au sol. Et qu'est-ce que ça vous aurait donné? Des vêtements couverts de boue.

J'avais visité des endroits étranges et vu des choses encore plus étranges lors de nos voyages. Ça ne faisait d'ailleurs pas

---

21   Mais je vais tout de même vous le dire. Vous voulez le savoir, n'est-ce pas? Ou peut-être que vous voulez le deviner? Allez-y. Devinez. Je me suis enfuie avec sa monnaie en courant? Non. Il a constaté qu'il s'était fait avoir et il a crié: «Arrêtez cette voleuse!»? Non. Vous voyez, vous allez tout de même devoir attendre de voir ce que j'allais tout de même vous dire.

très longtemps que j'étais moi-même descendue du ciel. Je suppose donc que je ne fus pas aussi choquée que j'aurais dû. Peut-être clignai-je des yeux… à une reprise !

— Comment as-tu pu nous voir ? demandai-je.

— Je volais au-dessus de la cité, expliqua-t-il.

— Avec ces ailes ? demandai-je.

— Il n'y a aucun autre moyen de voler, dit-il.

— Moi, je me sers d'un ballon, dis-je.

— Un quoi ?

— Nous nous servons du feu pour produire de la fumée, et cela soulève un grand sac dans les airs, lui dis-je.

Son visage s'illumina.

— Oh, alors, vous les humains avez finalement trouvé une bonne façon d'utiliser le feu ! Je suis heureux.

— Je suis heureuse que tu sois heureux – mais voudrais-tu déposer ce vieil homme sur le sol avant de l'étrangler à mort ? plaidai-je.

Il laissa tomber le voleur dans la poussière humide. Le vieil homme chancela et sembla perdu. Il nous regarda.

— J'ai été ravi de te rencontrer, dit-il en affichant son sourire édenté.

Il fit tinter les pièces de monnaie dans sa main.

— Ma femme sera heureuse de voir ces 25 cents, dit-il avec des yeux vitreux et stupéfiés en s'éloignant d'un pas vacillant dans la rue principale.

— Je m'appelle Méthée, dit le grand étranger.

— Et moi, Hélène, dis-je en tendant la main pour serrer la sienne.

Je jurerais que sa peau couleur de bronze devint beaucoup plus pâle lorsqu'il entendit mon nom.

— Comment ?

— Hélène. Tu n'as jamais entendu ce nom auparavant ?

— Oh oui, murmura-t-il. Mais c'était dans la cité de Troie.

— Cette cité se trouve-t-elle au-delà de la cité d'East River ? demandai-je.

— Bien au-delà, dit-il.

— Mon papa cherche un homme costaud pour nous aider. Veux-tu venir à l'Auberge Tempête avec moi ? lui offris-je.

Puis je regardai autour de moi.

— Si je peux retrouver mon chemin. Cette cité est semblable à un labyrinthe – un labyrinthe fluide qui se modifie chaque fois qu'on s'y déplace.

Il hocha la tête.

— La cité d'Éden ressemble à un être vivant, acquiesça-t-il. Tu devrais voir à quel point elle a grossi en 1858 !

— Hein ?

— Ne fais pas attention à ce que je viens de dire. L'Auberge Tempête est dans cette direction, dit-il en pointant dans la direction opposée à celle que j'aurais empruntée.

À ce moment-là, je songeai qu'il avait vu l'Auberge Tempête depuis le ciel.

Il retira ses ailes, les glissa sous ses bras puissants et se mit en route en direction du quartier situé sur le bord de la mer.

Je le suivis.

NEUF

TROIE – IL Y A 4000 ANS… MAIS UN PEU PLUS TARD
QUE LA DERNIÈRE FOIS OÙ NOUS Y ÉTIONS

Vous voyez à présent comment les différentes parties de l'histoire se rejoignent ? Si j'étais une écrivaine de fiction, c'est ainsi que je les réunirais. Je ne suis cependant pas une écrivaine de fiction puisque cette histoire est vraie. Je vous raconte ce qui m'est arrivé il y a plus de 60 ans, mais l'histoire du Vengeur, des Héros et de Hécatonchire ne s'est pas encore réunie avec Méthée et moi – pas encore. Soyez patient, cher lecteur. Soyez patient !

Zeus s'était une nouvelle fois aventuré sur les plaines venteuses. Il s'était déguisé en vieux sage grec et s'en allait rencontrer le dirigeant grec Agamemnon. Il avait fait part de son plan à sa femme Héra.

— Je vais persuader les Grecs de construire un énorme cheval creux fait de bois et monté sur des roues. Ils vont le remplir de soldats et le laisser sur la plaine, dit-il. Les Troyens feront entrer le cheval de bois dans leur cité et les Grecs en sortiront précipitamment pour les massacrer tous autant qu'ils sont.

— Ce sera un peu venteux, n'est-ce pas ? argumenta Héra.

Elle pouvait voir que c'était une idée intelligente et cela l'embêtait. Pourquoi n'y avait-elle pas pensé? Zeus serait *tellement* fier de lui si l'idée fonctionnait. Il s'en vanterait au cours des 10 prochaines années.

— Les Grecs seront à l'aise et auront du confort à l'intérieur de ce cheval, crois-moi, dit Zeus.

— Non, ça ne sera pas le cas, se moqua Héra. Ces humains se servent de quelque chose dont nous, les dieux, n'avons pas besoin, rappela-t-elle à son mari. Quelque chose qui s'appelle des toilettes. Et s'ils ne vont pas aux toilettes, l'intérieur du cheval pourrait devenir très *très* malodorant.

Zeus fut contrarié par cette erreur dans son plan.

— Ils devront simplement y aller avant d'entrer dans le cheval.

Héra la moqueuse renifla un petit coup.

— Je t'en prie, continue de répondre à mes questions. Pourquoi les Troyens feraient-ils entrer cette merveille de bois dans leur cité?

— Les autres Grecs... PAS ceux cachés à l'intérieur du cheval... embarqueront dans leurs bateaux et prendront le large. Les Troyens penseront qu'ils ont levé le siège et qu'ils sont rentrés à la maison. Ils ouvriront les portes et feront entrer le cheval de bois à l'intérieur de la cité! cria-t-il.

— Pourquoi feraient-ils cela?

— Parce qu'ils croiront qu'il s'agit là d'une statue grecque sacrée. Ils saisiront le cheval comme butin de guerre, dit-il.

— Non, ils ne le feront pas. En voyant un grand cheval de bois, ils diront plutôt «Oh! Regardez! Un grand cheval de bois!» Personne dans la cité de Troie ne pensera qu'il s'agit d'une statue grecque sacrée, se moqua-t-elle. Personne ne pensera à faire rouler cet engin dans la cité.

Zeus se tortilla sur le nuage au-dessus de la cité.

— Tu pourrais avoir raison, dit-il.

— Zeus, j'ai toujours raison. C'est un plan idiot.

Zeus se fâcha, glissa la main dans une poche sous sa ceinture et en retira un éclair. Il le jeta sur la Terre dans un geste de colère et cela mit le feu à trois tentes grecques. Le vent fouetta les flammes qui brûlèrent légèrement les barbes des soldats grecs, qui se dispersèrent en poussant des cris perçants.

— Oups! dit Zeus.

Il se tourna alors vers sa femme.

— Nous en avons tous les deux assez de cette guerre. As-tu une meilleure idée pour y mettre un terme?

Héra fit un petit sourire.

— Je suis heureuse que tu me demandes mon avis. J'en ai justement une. Va voir les Grecs et dis-leur de construire un énorme cheval creux fait de bois et monté sur des roues. Qu'ils le remplissent ensuite de soldats. Les Troyens le feront ensuite rouler jusque dans leur cité.

Elle fit une pause. Zeus la fixa du regard.

Elle sourit d'un air satisfait. Zeus la fixa du regard.

— Allez, dit-elle. Pose-moi la question.

— Non.

— Vas-y. Tu veux le savoir.

Silence.

Soudainement, Zeus s'empara d'un nouvel éclair et le projeta vers Troie. Quelques-unes des tours sans sommet perdirent leur sommet[22].

Zeus parla rapidement comme un enfant boudeur.

---

22   Bon, allez-y, argumentez pour voir. Comment une tour sans sommet pourrait-elle perdre chose qu'elle n'a pas? C'est ce que vous allez dire. Je le sais. Eh bien, lisez ceci! C'est le célèbre auteur dramatique anglais nommé Christopher Marlowe qui a écrit que la cité de Troie avait des «tours sans sommets». Il voulait dire par là que les tours étaient incroyablement hautes et que leurs sommets se perdaient dans les nuages. Vous voyez? Alors, continuons.

— Oh, très bien alors, grande déesse si intelligente et si éloquente. Dis-moi pourquoi les Troyens rouleraient le cheval dans leur cité.

Héra plaça calmement ses mains sur ses genoux.

— Parce qu'un espion nommé Sinon se rendra à Troie et dira aux Troyens que ce cheval est une statue grecque sacrée. Sinon dira aux Troyens que c'est un cadeau de paix des Grecs qui sont rentrés à la maison.

— Et tu penses qu'ils le croiront? demanda Zeus.

— Oui.

— Et où trouverai-je ce Sinon?

Héra secoua sa divine tête.

— Non, Zeus. Tu te déguiseras tout simplement en Sinon. C'est facile pour toi de te glisser dans la cité et de répandre cette nouvelle.

Zeus se redressa et dit:

— Je vais le faire tout de suite.

— Tu n'oublies pas quelque chose?

— Ah oui?

— Tu dois d'abord visiter le campement grec et les inciter à construire le cheval. C'est seulement *après* que le cheval aura été construit et que les bateaux grecs seront *partis* que Sinon devra aller à Troie.

— Oui… je le savais, mentit Zeus. Quand j'ai dit que je le ferais tout de suite, je voulais dire que j'irais d'abord visiter les Grecs pour leur proposer l'idée du cheval.

Le dieu changea de forme sans à-coups, adoptant la silhouette du vieil érudit grec, et se laissa dériver depuis le nuage jusqu'aux abords du campement grec. Un garde le découvrit.

— Quel est le mot de passe, étranger? demanda le garde.

— Laisse-moi passer ou je te ficherai un éclair dans la gorge et tu rôtiras de l'intérieur, gronda Zeus.

Le garde se gratta la tête.

— Ce n'est pas le mot de passe qu'ils m'ont dit à l'oreille.

— Qu'est-ce qu'ils t'ont dit à l'oreille ? demanda Zeus.

— Ils ont dit que le mot de passe était « venteux ».

Zeus applaudit.

— Bien joué, soldat. C'est la bonne réponse. Le mot de passe est « venteux ». Tu as passé le test. Je dirai à votre général Ulysse quel bon garde tu es, dit le dieu en s'avançant dans le campement.

Le garde devint tout rouge de plaisir.

— Eh bien, merci, Monsieur ! Merci !

Plus tard ce jour-là, au coucher du soleil, Zeus était sur le point de quitter Ulysse après lui avoir expliqué l'astuce du cheval de bois.

— Et vous pensez que ça fonctionnera ? demanda Ulysse en levant les yeux vers la statue à demi complétée, haute comme les murs de Troie.

Des hommes travaillaient à l'ériger à la lumière de feux de camp qui provoquaient des étincelles sous le vent en provenance de la mer.

— Ça fonctionnera… pourvu que vous disiez à vos hommes d'aller aux toilettes avant de s'installer à l'intérieur du cheval, dit Zeus.

Zeus traversa la plaine en regrettant de ne pas simplement pouvoir voler jusqu'à Troie. Il ne marchait pas souvent – les dieux n'ont pas besoin de marcher. Ses pieds commençaient à lui faire mal et il continuait de marcher sur des épées rouillées, des armures brisées et des morceaux moelleux de corps humain que les soldats responsables des enterrements avaient laissés de côté. Un champ de bataille peut être un endroit très malpropre. Un champ de bataille qui a 10 années d'usage peut aussi être un endroit très malodorant.

Le vent soulevait des cendres du bûcher préparé pour brûler le cadavre du héros Achille, et Zeus les recevait en plein visage. Il eut un sourire sinistre en balayant les cendres de sa tunique.

— Tu dois maintenant être bien installé dans le Tartare, Achille, murmura-t-il en s'approchant des murs imposants de la cité de Troie.

Il se dirigea vers une des portes secrètes qui était si secrète que tous en avaient oublié l'emplacement.

La nuit tombait et la cité de Troie était plongée dans l'obscurité[23]. Zeus avait toutefois des yeux de dieu et pouvait voir son chemin très clairement sur les rues pavées de pierre qui conduisaient au palais du roi Priam.

L'ouïe fine du dieu lui permettait aussi d'entendre les plaintes de petites voix aiguës derrière les volets des fenêtres obscurcies.

— Maman, je veux avoir un verre d'eau !

— Tais-toi et endors-toi vite, sinon le fantôme d'Hector viendra te chercher !

— Mais Maman, je n'arrive pas à m'endormir. Tous ces coups de marteau me tiennent éveillé ! Qu'est-ce que c'est, Maman ?

— Ce sont les Grecs sur la plaine venteuse qui construisent quelque chose.

— Qu'est-ce qu'ils construisent, Maman ? Des échelles pour entrer dans la cité ?

— Non. Mme Palamon, la voisine, dit que c'est une grande structure en bois. On dirait que ça va être un chien.

---

23   «Ah, dites-vous ! Bien sûr que la cité était plongée dans l'obscurité, puisque c'était la nuit !» Je veux dire qu'il n'y avait aucune bougie ou torche éclairant les fenêtres des maisons, les rues ou les tours sans sommets. Les bougies sont faites avec de la graisse, et la graisse est une précieuse source de nourriture dans une cité affamée. Les bougies avaient toutes été mangées. Les Troyens se couchaient tôt et laissaient les rues éclairées par le clair de lune… C'est qu'ils ne pouvaient pas manger la lune même s'ils auraient aimé le faire. Ils pensaient que c'était un gros fromage !

— Ça alors! Maman, est-ce que je peux grimper sur les murs demain et jeter un coup d'œil?

— Seulement si tu t'endors maintenant.

— Ça alors! Maman! Le chien de bois de Troie! Ça passera sûrement à histoire! Oh oui!

— Dors maintenant!

— Bonne nuit, Maman.

— Fais de beaux rêves. Pas de puces, pas de punaises.

— Il y en avait dans mon lit, Maman, mais je les ai mangées. Bonne nuit!

— Bonne nuit!

Zeus poursuivit sa route. Il pouvait entendre les coups de marteau lui aussi, mais même ses oreilles divines ne purent entendre le doux frottement des rochers qui s'écartaient sur le sol. Un passage depuis les Enfers venait de s'ouvrir sur la plaine près des cendres d'Achille.

Héra pouvait voir ce passage depuis son nuage grâce au faible clair de lune et aux étincelles des feux de camp grecs. Elle vit d'abord émerger une tête d'aigle au cou tordu, qui regarda soigneusement autour. L'énorme homme-oiseau monta sur la plaine sablonneuse et fit un signe de la main en direction d'une autre personne cachée dans le passage, lui indiquant de le suivre.

Achille apparut sous la lumière argentée, suivi de Pâris et d'une créature dotée de 50 têtes qui utilisa ses 100 bras pour se hisser à la surface. Le passage se referma.

— AAAAH! dit Achille en haletant.

— Chut! sifflèrent 52 bouches.

— C'est que je viens de marcher sur ces cendres! se plaignit le héros.

— Elles sont froides, dit Pâris. Elles ne peuvent te faire mal.

— Je sais... mais ce sont les cendres de MON corps!

— AAAAH ! dit Pâris en hochant la tête.

— Chut ! sifflèrent 52 bouches.

— Attendez ici et tenez-vous tranquille, dit le Vengeur.

— Chut ! sifflèrent 52 bouches.

La créature claqua du bec en signe d'agacement.

— Personne ne doit savoir qu'Achille et Pâris sont de retour sur Terre. Héra veut me voir. Attendez ici et je serai de retour avant l'aube. Nous nous mettrons en route à la recherche de Prométhée.

Cinquante-deux têtes hochèrent la tête.

L'aigle déploya ses ailes et s'éleva doucement dans les airs, laissant l'air poussiéreux l'emporter sur ce curieux nuage.

Achille fit un signe de la tête en direction des murs.

— Il y a beaucoup de gardes sur les murs ce soir.

— Je crois qu'ils nous regardent, dit Pâris.

— Nous devons faire en sorte qu'ils baissent leurs têtes, dit Achille.

— Je m'en occupe, dit doucement le monstre à 50 têtes.

Hécatonchire se mit en quête de pierres et forma deux piles de chaque côté de son corps carré. Il entreprit ensuite de les ramasser en scandant un petit chant : « Cinq pierres à gauche – cinq pierres à droite – cinq pierres à gauche – cinq pierres à droite ! » jusqu'à ce que ses mains soient pleines.

— Hé ! Je ne suis pas tombée ! dit la tête numéro 35 en souriant.

Achille regarda du coin de l'œil en direction du campement grec d'où provenaient les coups de marteau. Les feux illuminaient une monstrueuse statue de bois.

— Ils construisent une vache de bois ! s'exclama-t-il.

— Chut ! sifflèrent 51 bouches.

— Non, les gars. C'est ce que les gardes sur les murs de Troie regardent. Ils ne peuvent nous voir où nous sommes. Ils regardent le porc !

— Le porc de bois de Troie, dit Pâris. Je me demande bien ce que cela signifie.

— On s'en fiche pour l'instant. Cela veut dire que tu peux laisser tomber ces pierres, Hec ! ordonna Achille.

— Aïe ! Dois-je le faire ? gémit la tête numéro 17.

— Laisse-les simplement tomber n'importe où.

— Ce serait dommage de les gaspiller, dit la tête numéro 3.

Le monstre étira ses 50 paires de bras et projeta les pierres sur les murs. Les Troyens poussèrent des cris de panique quand la pluie de pierres s'abattit sur eux et fit s'effondrer le sommet des murs. Ils titubèrent jusqu'à leurs maisons, contusionnés et ensanglantés, se demandant ce qui venait de se produire dans l'obscurité.

Bien au-dessus d'eux, le Vengeur s'installa à côté d'Héra, qui avait déjà appelé Hermès le messager. Le jeune homme se plaignit.

— Tu m'as tiré du lit ! Je ne savais pas que je devais offrir un service de livraison 24 heures sur 24 ! Ce n'est pas juste. Personne d'autre n'a à venir en volant lorsque tu claques des doigts. Je vais me plaindre à Zeus quand je le verrai.

Héra soupira.

— Hermès, va chercher trois paires d'ailes au mont Olympe et revient ici avant l'aube. Nos amis doivent quitter la plaine avant le lever du soleil.

— Pff ! fit Hermès en faisant la moue tout en s'envolant dans un bourdonnement de plumes émis par ses pieds ailés.

— Merci, dit le Vengeur. Je trouverai Prométhée, peu importe le temps qu'il faudra.

Héra sourit et ses dents brillèrent au clair de lune.

— Oh, ça ne te prendra pas de temps du tout ! dit-elle.

— Il pourrait être n'importe où. Quand ce dieu meurt, il dégage une étincelle verte. Je dois fouiller la Terre à travers le temps à sa recherche.

— Tu n'as pas à faire ça, dit Héra d'un ton taquin. Pas si quelqu'un te dit exactement où chercher et quand.

Le Vengeur déploya ses ailes et ses yeux brûlèrent avec une telle intensité qu'ils illuminèrent les rues sombres de Troie d'une lueur rougeâtre.

— Vous le savez ?

Héra écarta ses mains.

— Va à la cité d'Éden, à l'année que les gens nomment 1795.

— Oui, bien s-s-s-s-ûr ! siffla l'oiseau, si fort que même les forgerons qui frappaient leurs fers à cheval à coups de marteau s'arrêtèrent d'étonnement.

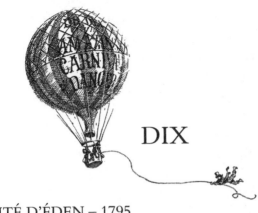

DIX

CITÉ D'ÉDEN – 1795

Vous êtes peut-être maintenant inquiet à la perspective que Méthée puisse être retrouvé et détruit par le Vengeur. Pouvez-vous arrêter de vous inquiéter pour lui et penser un peu à MOI pour faire changement ? Souvenez-vous que j'allais être abandonnée dans cette affreuse cité par mon propre père. Laissée derrière lui comme otage. Oui, nous savons que Papa a dit avoir un plan pour nous sortir de là, mais Papa gagnait sa vie en mentant. VOUS avez confiance en lui ?

Méthée me guida jusqu'à l'Auberge Tempête. Il semblait bien connaître la cité, et les ruelles tortueuses qui me compliquaient la vie ne lui causaient aucun ennui.

— Tu es déjà venu ici auparavant ? demandai-je.

— Oui, en 1858, dit-il. La cité était encore plus grande alors… je veux dire qu'elle *sera* encore plus grande à ce moment-là. Plus sale et plus enfumée, précisa-t-il. Là, sur ce coin de rue, il y aura une usine appartenant à un certain M. Mucklethrift et elle crachera de la fumée violette toute la journée jusqu'à ce qu'on s'étouffe en la respirant, et ce, jusqu'à plus d'un kilomètre dans les airs.

J'avais alors la conviction d'avoir échappé à un vieux voleur et d'être tombée dans les griffes d'un jeune fou.

Nous passâmes devant le ballon couché sur le bord du quai, aussi mou qu'un chat mort – oui, un chat rayé rouge et blanc, mais néanmoins sans vie à présent que l'air chaud qui lui donnait vie s'était échappé.

Méthée hocha la tête.

— Oui, je pourrais le porter, dit-il.

Je m'arrêtai soudainement.

— J'ai dit que j'irais faire un tour et que je chercherais un endroit d'où faire décoller le ballon. Nous avons besoin d'un espace assez vaste sans aucun bâtiment aux alentours. Le bord du quai est bien trop étroit. Nous pourrions nous retrouver dans l'eau si nous ne parvenons pas à nous envoler convenablement.

Méthée hocha de nouveau la tête.

— Nous devons donc aller à la prison.

— Pardon ?

— Il y a un grand terrain vague face à la prison – le seul terrain vacant dans toute la cité d'Éden, expliqua-t-il. Il est assez vaste pour accueillir 5 000 personnes. Ils vont là pour regarder.

— Regarder quoi ?

— Les prisonniers qui se font pendre, expliqua-t-il.

— Génial.

— Non, ce n'est pas génial du tout. J'ai été pendu là en 1858, dit-il.

— Il est fou, murmurai-je.

Je plongeai la main dans la nacelle du ballon et en retirai quelques costumes. Il y avait un costume rouge avec des rayures blanches que Papa portait à l'occasion. Je sortis aussi une chemise noire et un chapeau noir pour compléter.

— Tu dois enfiler ces trucs, faute de quoi les gens penseront que tu es un peu étrange, dis-je.

— Je sais, dit Méthée en hochant la tête.

Nous attendîmes qu'un chariot passe à toute allure devant nous avant de traverser le chemin en direction de l'Auberge Tempête.

Il y avait une scène où des chanteurs et des acteurs présentaient leurs numéros le samedi soir. C'était sombre et calme en ce moment. Les rideaux rouges étaient poussiéreux et tachetés.

—Va derrière ce rideau et enfile ces vêtements, lui dis-je.

Je me glissai derrière le bar, dans la cuisine, et dénichai un grand pâté en croûte à manger et un pot de bière.

La table de la cuisine était aussi sale que le plancher du bar, mais le pâté était frais. Je laissai mes 25 cents sur la table pour payer la nourriture et l'emportai vers le bar.

Le costume était un peu juste sur Méthée, mais il lui donnait belle apparence.

—J'ai laissé mes ailes sous la scène, expliqua-t-il. Je pourrais en avoir besoin si le Vengeur se pointe soudainement.

Je secouai la tête.

— Écoute, Méthée, nous ne partirons pas avant ce soir. Sers-toi une portion de pâté et un verre de bière, et raconte-moi ton histoire.

C'est ce qu'il fit au cours des deux heures qui suivirent. Je pourrais vous répéter ce qu'il me raconta, mais ça remplirait les pages d'un livre[24].

Le crépuscule tombait assez tôt sur la cité d'Éden. Une brume sale était suspendue au-dessus de la cité, qui voilait tout sauf le soleil de midi, et ce, même si l'Usine Mucklethrift n'était pas encore là.

Papa descendit de sa chambre en ayant l'air revigoré après son long repos. Il regarda Méthée.

— Parfait, dit-il.

24   Méthée croyait que quelqu'un écrirait ce livre après 1858. Ainsi, si vous lisez CECI après 1858, vous avez des chances de trouver ce premier livre. Il croyait que ce livre porterait le titre *Le Voleur de Feu* ou quelque chose du genre. Ce n'est toutefois pas mon boulot de vendre les livres d'autres auteurs ! Si vous ne POUVEZ PAS trouver le livre *Le Voleur de Feu*, vous n'avez qu'à acheter deux exemplaires de CE LIVRE-CI. J'ai besoin d'argent.

Méthée décrivit l'endroit qui se trouvait devant la prison.

— Parfait, dit encore Papa.

Il regarda fixement Méthée dans l'obscurité de la pièce.

— J'ai un costume identique à celui-là! dit-il en riant. Je l'utilise pour mon numéro d'avaleur de feu.

— Vous avalez du feu? dit Prométhée, le souffle coupé. Je n'ai pas donné le feu aux humains pour qu'ils le mangent, marmonna-t-il.

Cette réflexion me rendit perplexe, mais Papa ne semblait pas l'avoir entendue.

— Ce n'est qu'un truc, mon garçon. Je ne l'avale pas vraiment, tu sais. En fait, je pourrais même te montrer comment je procède…

— Papa! l'interrompis-je. Nous devons mettre au point le moyen par lequel je vais m'échapper de la cité d'Éden. Le maire et le shérif veulent que je reste ici comme otage.

Papa s'assit à la table, se versa un peu de bière et mangea. Il fit une grimace.

— Plus opaque que le ciel de la cité d'Éden et presque aussi aigre que ta mère! dit-il.

— Le plan! dis-je.

— Il est infaillible, dit-il.

Et il nous en fit part. Il demanda à Méthée d'aller acheter un filet à l'un des pêcheurs sur le bord de la rivière et il le rangea dans le ballon. Il me donna ensuite de l'argent pour acheter de la paille des écuries qui étaient voisines de l'auberge et de la laine au magasin de vêtements du coin de la rue. Méthée ressortit pour acheter une corde et l'installa à travers la place de la prison.

La noirceur s'était totalement installée au moment où le propriétaire de l'Auberge Tempête descendit les escaliers pour ouvrir le bar au public. Les gens n'étaient toutefois pas venus pour acheter sa bière amère. Ils étaient venus pour voir le célèbre aéronaute – l'homme qui allait leur apporter des armes à feu et leur rendre la liberté (c'est ce qu'ils croyaient).

Le shérif mit la main sur mon épaule.

— Reste près de moi, petite demoiselle, dit-il.

— Je m'appelle Nell, et non petite demoiselle, dis-je. Et je suis aussi grande que vous ! Il sembla étonné de ma colère. Je pense qu'il s'inquiétait davantage des ennuis imprévus que je pourrais lui occasionner. Il secoua les menottes à sa ceinture. Le plan de Papa serait anéanti si j'étais menottée. Je devais donc apprendre à contenir mon caractère.

Des badauds à l'extérieur de l'auberge aidèrent Méthée à porter le ballon et la nacelle en face de la prison. Notre canon de bois était attaché à la nacelle et traînait sur le sol.

Les habitants de la cité d'Éden menaient le bal en portant des lanternes qui émettaient des lueurs jaunes, de même que plusieurs lumières qu'ils avaient empruntées aux bateaux à l'arrêt qui étaient rouges et vertes.

C'était semblable à un défilé de fête. Les voleurs à la tire fêtaient bien plus que les autres, mais personne ne pouvait s'approcher du sac d'argent que le maire Makepeace transportait, entouré qu'il était de gardes armés.

Le plan de Papa sous-entendait qu'il fallait distraire la foule, le maire et le shérif. Il allait leur offrir une performance telle qu'ils en oublieraient la petite Nell, leur otage. Papa oublia malheureusement deux ou trois choses… et vous découvrirez bientôt de quoi il s'agissait.

Le ballon avait été disposé devant la prison sur les pavés, et le foyer fut rempli de paille. Papa aurait pu l'allumer avec une allumette, mais il choisit plutôt d'utiliser une longue et fine bougie de cire.

— Et maintenant, hurla-t-il pour couvrir le bruit de la foule qui se bousculait, je vais allumer la flamme qui chauffera l'air et fera gonfler le ballon.

Il y eut des applaudissements polis dans la foule et cette dernière s'apaisa. Ils s'attendaient à ce qu'il place la fine bougie dans la paille, mais il la posa plutôt dans sa bouche. Puis il souffla. Une boule de feu se forma et sortit de sa bouche, illuminant 1 000 visages effrayés.

Méthée se tourna vers deux ou trois enfants et dit :

— C'est moi qui ai donné le feu aux humains, vous savez !

Les enfants s'éloignèrent rapidement et coururent s'accrocher aux jupes de leur mère. Pouvez-vous les blâmer ?

Il y avait des acclamations dans la foule. Papa répéta son numéro encore deux ou trois fois avant de souffler sa boule de flammes dans le foyer pour allumer la paille. Je me hâtai vers la nacelle et empilai la laine sur la paille en feu.

— Mon assistante Nell fait la fumée, déclara Papa. C'est la fumée qui fait gonfler le ballon[25].

Méthée s'avança et tint le sac du ballon au-dessus de la fumée comme Papa le lui avait demandé, ce qui remplit le sac.

— Il faudra 10 à 15 minutes pour que le sac soit totalement rempli, dit Papa à la foule. En attendant, Mademoiselle Cobweb d'Angleterre marchera sur une corde raide !

On donna à quatre hommes la tâche de tenir le filet sous la corde en cas de chute de ma part.

— Oh ! gémit la foule pendant que je grimpais sur une descente de gouttière le long d'une maison et me hissais sur une corde tendue à travers la place. Je devais faire semblant de déraper une ou deux fois pour que la foule retienne son souffle. (En vérité, ils voulaient que je tombe – pas parce qu'ils me détestaient, mais parce que ce serait plus captivant.)

Mais ce soir-là, mes dérapages furent bien réels. J'étais inquiète à propos du plan de Papa, et le vent fouettait au-dessus de l'eau en provenance de la cité d'East River. Cela

25   VOUS savez que c'est l'air chaud qui s'élève. VOUS savez que ce n'est pas la fumée qui fait en sorte qu'une montgolfière s'élève du sol. Vous devez toutefois vous souvenir que c'étaient alors les premiers balbutiements des vols en ballon. À cette époque, les aéronautes croyaient que c'était la fumée qui les faisait voler. Papa le croyait donc aussi. Vous pouvez vérifier dans vos livres d'histoire si vous ne me croyez pas.

me contrariait, mais je n'avais pas le temps d'en déterminer la cause. De toute façon, Papa aurait dû s'en rendre compte par lui-même, mais IL oublia. (En passant, VOUS devriez vous aussi vous en être rendu compte maintenant!)

Je progressai en titubant jusqu'au côté éloigné de la place et fus heureuse de redescendre au sol en glissant le long d'une autre descente de gouttière jusqu'aux pavés solides et sales. Je courus ensuite vers la nacelle du ballon. Il se gonflait rapidement à présent et commençait à tendre les cordes.

— Hé! dit le shérif Spade. Tu ne t'échapperas pas aussi facilement! Tu resteras ici jusqu'à ce que le docteur Dee revienne avec les armes à feu!

Il agrippa mon bras.

— Non, sifflai-je. Je vais seulement enfiler mon costume de capitaine Dare, lui dis-je. Je ne peux pas m'échapper à moins de me trouver dans la nacelle en même temps que le docteur Dee et l'argent.

Il hocha la tête.

— Ça n'arrivera jamais, dit-il d'un air mécontent, avant de me laisser grimper dans la nacelle pour me changer.

Le ballon au-dessus de ma tête était bien gonflé à présent et la tension dans les cordes était près de son maximum. Les deux prochaines minutes nous conduiraient vers la liberté… ou le désastre.

Je me changeai et ressortis de la nacelle en moins d'une minute. Papa continuait à s'adresser à la foule.

— Et maintenant, tandis que je m'élève dans les airs, mon ami le capitaine Dare vous ravira tous en jaillissant de mon canon. Je veux que les hommes qui tiennent le filet se postent près du mur de la prison. Si le capitaine Dare rate son coup, il s'écrasera au sol ou percutera le mur de la prison!

— Oh! dit la foule d'une seule voix.

Encore 30 secondes. Je me glissai dans la bouche du canon au moment où Papa grimpait dans la nacelle du ballon. Je regardai vers l'arrière du canon où se trouvait Méthée.

— Je te souhaite la meilleure des chances, Méthée, lui dis-je. J'espère que tu trouveras ton héros et que tu échapperas au Vengeur.

— Merci, Hélène d'Éden, dit-il avec le plus beau des sourires. J'y arriverai.

Je me laissai ensuite glisser doucement dans l'obscurité du tube.

Papa serra la main du maire et prit le sac d'argent, tandis que Méthée se tenait à l'arrière du canon avec une fine bougie allumée dans les mains.

Plus que 15 secondes.

— Détachez le ballon! cria Papa.

Il était relié à un anneau de métal fixé dans le mur de la prison – probablement l'endroit où ils enchaînaient les prisonniers. Quelqu'un le détacha et le ballon prit subitement de l'altitude.

Méthée s'empara de la corde attachée autour de la bouche du canon et l'entoura autour de son poignet. Cette manœuvre stabiliserait le canon et permettrait de mieux viser. Un canon sans attaches pourrait glisser sur les pavés au moment du tir, et je pourrais me retrouver n'importe où. Je ne voulais pas finir n'importe où. Je visais une seule place… et ce n'était pas le filet.

Cinq secondes.

— La liberté pour la cité d'Éden! hurla Papa, et la foule l'acclama.

Méthée tira fortement sur la corde. De l'intérieur du tube, je pus sentir la bouche du canon se dresser vers le haut.

Deux secondes. Je regardai vers l'extérieur et ne vis pas le filet – je voyais la nacelle du ballon.

Une seconde. Méthée alluma la mèche.

Whap! Le ressort me propulsa du canon comme un boulet et je montai en flèche dans les airs. Papa allongea ses bras sur le côté de la nacelle du ballon pour m'attraper.

C'est vraiment dommage qu'il ait pu oublier ces deux choses!

ONZE

TROIE – IL Y A 4 000 ANS... MAIS ENCORE
UN PEU PLUS TARD QUE LA DERNIÈRE FOIS
OÙ NOUS Y ÉTIONS

Je suis désolée, mais je dois laisser mon histoire de côté alors que je
me retrouve dans les airs entre le ballon et une foule qui me lapi-
dera si je retombe dans ses griffes. Pareille attente angoissante pour
le lecteur s'appelle un suspense. C'est du moins ce que les écrivains
disent. C'est un peu comme si notre héroïne était suspendue au bord
d'une falaise. Vous vous demandez si elle va survivre ? Vous devrez
poursuivre votre lecture pour le découvrir. Cela est très irritant, sans
compter que je n'étais même pas suspendue sur le bord d'une falaise –
je flottais dans les airs entre la vie et la mort. Mais nous DEVONS
revenir en Grèce.

Hermès était de meilleure humeur lorsqu'il revint à Troie
muni des ailes pour les chasseurs. Il décrivit un cercle au-
dessus du campement grec où les feux du soir s'apaisaient à
présent. Ils étaient semblables à des perles de lumière, enfilées
le long d'un collier scintillant. La mer au-delà était bleu nuit,

la lune qui se couchait était mince comme une faucille, et les étoiles émettaient des lueurs dorées et vertes. Le ciel adoptait la nuance la plus pâle de gris rose à l'est puisque l'aube allait bientôt émerger de son sommeil.

C'était une scène très paisible au milieu de cette guerre fatigante, seul le martelage sans fin des charpentiers grecs perturbait l'air du matin. Mais Hermès était content. Même le monstrueux Hécatonchire aux 50 têtes qui se trouvait en dessous ressemblait à un jouet en peluche inoffensif.

Hermès se posa en douceur et déposa les ailes sur le sol poussiéreux dans l'ombre projetée par les murs.

— Qu'allez-vous faire ? demanda-t-il aux héros.

Le Vengeur tourna son bec sauvage vers le messager.

— Mêle-toi de tes affaires !

Les bras d'Hermès lui en tombèrent et sa bonne humeur disparut aussitôt.

— Eh bien, pour la gratitude, on repassera ! On me tire du lit pour faire des commissions pour vous et voilà les remerciements que j'obtiens !

Le Vengeur s'avança vers le dieu aux ailes sur les chevilles et siffla.

— Une fois Prométhée détruit, je pourrais bien revenir te détruire, Hermès, espèce de petit dieu paresseux, vain et stupide.

— Tu ne peux pas faire ça ! Je n'ai rien fait de mal ! glapit le dieu, mais il n'y avait pas tellement de confiance dans sa voix.

— Je penserai à quelque chose, dit le Vengeur dans un souffle aussi doux que les flammes des feux de camp et tout aussi mortel.

Il se détourna du dieu pour prendre les ailes et les distribuer à sa nouvelle bande de tueurs.

— Zeus ne te laissera jamais faire ! Tu n'es qu'un grand oiseau tyran, c'est ce que tu es ! Je vais dire à Zeus que tu m'as harcelé et que tu m'as menacé. Tu le regretteras.

Le Vengeur devint aussi immobile qu'un mur troyen. Il se tourna ensuite très lentement vers Hermès.

— Hic ! fit Hermès en hoquetant de peur.

Une longue aile s'allongea et enveloppa l'épaule d'Hermès. Le messager trembla.

— Hic ! Ne me fais pas mal !

La voix du Vengeur était maintenant douce comme une toile d'araignée.

— Je suis désolé, Hermès.

— Pardon ?

— Je n'aurais pas dû te menacer. Je suis vraiment heureux que tu aies renoncé à ton sommeil pour m'aider. Il n'y a aucune raison de parler à Zeus de ma petite explosion de colère, n'est-ce pas ?

— Pardon ? Hic !

— Nous sommes en mission secrète pour capturer Prométhée et ne voulons pas que notre secret soit mis au jour. Je peux avoir confiance en toi, n'est-ce pas ?

— Oui. Quoi ? Hiiiiic ! Ahhhh !

Hermès avait un regard sournois.

— Tu ne veux pas que Zeus sache ce que tu trames, n'est-ce pas ?

Le Vengeur tenta de sourire, mais c'est une chose difficile à faire quand vous avez un bec au lieu d'une bouche[26].

— C'est lui qui m'a envoyé pour punir Prométhée, dit-il.

Hermès fit un bruit moqueur avec ses lèvres.

---

26   C'est vrai, n'est-ce pas ? À quand remonte la dernière fois que vous avez vu un verdier rigoler, un moineau ricaner, une mésange bleue glousser ou un albatros faire hi-hi ? Les fous de Bassan ne sourient pas et les mouettes n'ont pas de petits sourires en coin parce qu'ils ne le peuvent pas. C'est parfois triste d'être un oiseau.

— Prrrr! Mais Zeus a changé d'avis. Il pense que Méthée a assez souffert. Il te dirait de laisser tomber s'il le pouvait.

— Il ne peut pas!

— Mais il le pourrait si Méthée accomplit une tâche. C'est pourquoi il a dit que Prométhée serait libre s'il parvenait à trouver un héros humain.

Des éperons osseux sur l'aile du Vengeur se serrèrent autour de l'épaule d'Hermès.

— Pas si je retrouve Méthée en premier, dit-il.

Hermès se tortilla, puis s'immobilisa. Son hoquet avait cessé.

— Oh! souffla-t-il. Je sais de quoi tu as peur. Zeus t'a ordonné d'emmener Achille et Pâris chez Hadès. Il ne sait pas que tu les as libérés pour qu'ils puissent t'aider. Il ne sait certainement pas que tu as aussi fait sortir ce grotesque monstre des Enfers.

— Hé! dit la tête numéro 35 de Hécatonchire en soulevant une objection. Fais gaffe à qui tu traites de gros «tesque».

— Ouais, dit la tête numéro 17 en hochant la tête. Notre maman dit que nous étions magnifiques quand nous étions bébés! Et qu'est-ce que c'est de toute façon, un gros «tesque»?

Le Vengeur emmena brusquement Hermès à l'écart des autres.

— Nous, les volants, devons nous soutenir, Hermès… camarade.

— Camarade? Personne ne m'a jamais appelé comme ça auparavant. Les autres jeunes dieux sont jaloux de mes ailes, tu sais?

— Oh, je sais! J'ai le même problème. Ainsi, quand je reviendrai, nous devrons nous assurer d'être les meilleurs amis du monde. Faire des choses ensemble!

— Des choses?

— Aller faire un vol dans un endroit agréable.

— Où ?

— Au bord de la mer.

— Super ! cria Hermès, de nouveau heureux. Pourrons-nous construire des châteaux de sable ?

— Je te ferai quérir à Olympe dès mon retour, dit le Vengeur.

— Promis ?

— Promis.

Hermès secoua la tête.

— C'est amusant, n'est-ce pas ? Méthée est à la chasse au héros. Tu chasses Méthée et Zeus te chasserait s'il était au courant pour ces trois-là !

— Des châteaux de sable, dit le Vengeur avec douceur.

Les ailes des chevilles d'Hermès vrombirent et il s'éleva avec bonheur dans l'air du soir, tandis que le Vengeur lui faisait un signe de la main. Une fois le messager au-dessus des nuages, le Vengeur grommela :

— Cervelle d'oiseau !

Il se tourna vers ses trois assistants.

— Enfilez ces ailes. Nous devons être loin d'ici avant que Zeus ressorte de la cité de Troie. Nous avons un long voyage à faire.

Le Vengeur, les deux héros et le monstre s'envolèrent dans la direction du soleil de l'aube au moment où ce dernier flambait à travers les collines orientales avec la couleur du sang.

Les plus courageux des gardes troyens glissèrent leurs têtes au-dessus des murs. Un des gardes était aussi mince qu'une tour sans sommet et l'autre était gras comme un tonneau… ce qui était étrange dans cette cité affamée.

— Ce lanceur de pierres est parti. Nous sommes en sécurité, soupira le garde mince.

— Et on dirait bien que cette statue grecque est terminée. Je te l'avais dit que c'était un écureuil ! L'écureuil de bois de Troie, dit le garde gras.

— C'est un cheval – le cheval de bois de Troie, dit une voix.

Les gardes se retournèrent et virent un vieil homme avec une barbe blanche debout derrière eux.

— Comment le savez-vous, vieil homme ?

— Appelez-moi Sinon, dit le personnage rabougri.

— Comment le savez-vous, Simon ?

— Si-non !

— Je suis désolé, Si-non.

— J'étais un espion dans le camp grec. Je les ai entendus en parler. Ils étaient très affectés par la mort d'Achille. La plupart d'entre eux ont dit qu'ils voulaient rentrer à la maison. Et puis *Pâris* est mort et d'autres acquiescèrent – ils avaient tué l'homme qu'ils étaient venus tuer, dit Sinon.

— C'est logique, dit le grand garde mince.

— Je *pensais* qu'ils étaient venus pour ramener Hélène ; ils ne repartiront certainement pas sans la femme qu'ils étaient venus chercher, argumenta le garde au corps en forme de baril. Pas après 10 ans d'efforts.

— Oh ! dit Sinon. Ils ont leurs propres femmes en Grèce. Il est temps de renoncer. Regardez !

Les gardes virent les tentes en lambeaux qu'on démontait tandis que le soleil rouge sang prenait une ardente teinte orangée.

D'autres gardes les rejoignirent sur le mur qui dominait la mer. Puis un petit nombre de Troyens grimpèrent sur le mur pour regarder la scène tandis que la nouvelle se répandait.

— Les Grecs s'en vont !

— Sans Hélène ?

— On dirait bien. Vous voyez ? Ils se dirigent vers leurs bateaux !

— Oh ! Ils vont me manquer !

— Te quoi ? Es-tu fou ? Nous sommes libres !

— J'imagine.

Il semblait que tous les habitants de Troie s'étaient entassés sur le mur au moment où le soleil devint blanc et chaud comme l'acier.

— Ils sont partis sans moi, soupira Hélène. Je ne pensais pas qu'ils partiraient sans moi un jour.

Le roi Priam secoua la tête.

— Ton visage ne mobiliserait pas 400 bateaux ces jours-ci.

— Merci bien, dit Hélène fort amèrement. Sans Ménélas mon mari, sans Pâris mon petit ami, et à des centaines de kilomètres de la maison.

Elle regarda les voiles des bateaux grecs qu'on hissait, puis la flotte qui s'éloignait vers l'horizon. L'après-midi venu, il n'y avait plus un seul Grec en vue.

— Ouvrez les portes de Troie! ordonna le roi Priam.

L'ordre résonna dans l'antique cité.

— Ouvrez les portes de Troie!

L'ordre se répercuta dans toute la cité, relayé par des crieurs.

Et la réponse arriva.

— Où sont les clefs? Où sont les clefs? Où sont les clefs?

Le roi Priam rougit.

— Enfin, bien sûr, je suis le roi et le gardien des clefs.

— Où sont-elles, sire?

— Je... euh... ne m'en souviens pas. Ça fait 10 bonnes années que je n'en ai pas eu besoin. Je ne peux me souvenir où je les ai mises. Je suis désolé!

Zeus (dans le corps de Sinon) porta son regard vers le cheval de bois et se demanda comment les soldats grecs se débrouillaient sans toilettes à l'intérieur. Quelque chose devait être fait très bientôt sinon son plan tout entier serait ruiné. Il avança de quelques pas vers le roi.

— Laissez-moi faire, sire. J'étais un expert en serrures dans ma jeunesse.

— Vous étiez serrurier?

— Non. Cambrioleur. Mais je suis sûr que je peux ouvrir les portes de Troie, dit-il.

— Tentez votre chance, vieil homme, et je vous serai reconnaissant pour la vie. Je vous laisserai même épouser Hélène.

— Non merci.

Zeus-Sinon descendit du mur et regarda la serrure. Il cligna des yeux et regarda de nouveau. Il leva les yeux vers le roi.

— Les portes ne sont pas verrouillées, sire, dit-il.

— Quoi? Nous avons empêché les Grecs d'entrer pendant 10 ans et personne n'a remarqué que nous avions oublié de verrouiller les portes? Oh là là! dit le roi en éclatant de rire. Il est préférable de ne pas écrire ça dans les livres d'histoire, sans quoi nous passerons pour une bande de crétins. Bon, eh bien, ouvrons les portes de Troie!

Sinon tourna la poignée, et les portes s'ouvrirent pour la première fois en 10 ans. Le vent de la plaine s'engouffra dans la cité et chassa la puanteur de mort qui y régnait. Ce fut comme de l'air qu'on forçait vers un poumon. Ce fut comme du vin pour les assiégés de Troie qui burent l'air salin à grandes bouffées.

Les gens s'étreignirent dans les rues. Hélène émergea du palais pour voir quelle était toute cette agitation. Ceux qui l'avaient détestée l'acclamèrent. Une femme, ivre de l'air puissant qui soufflait sur elle, sauta dans la fontaine de la place couverte de mauvaises herbes et cria.

— Trois hourras pour Hélène de Sparte!

— Non, pour Hélène de Troie! cria quelqu'un derrière elle.

— Pour Hélène de Troie! Le visage qui a mobilisé 300 bateaux! Hip hip hip…

— C'étaient 1 000 bateaux, dit Hélène, mais ses protestations furent avalées dans le tumulte des acclamations.

Sinon remonta en courant les marches conduisant aux remparts de la muraille. Il courait trop vite pour un vieil homme, mais personne ne sembla le remarquer.

— Roi Priam… vous *devez* faire entrer ce cheval de bois dans la cité. Installez-le sur la place de la cité. Laissez les habitants faire la fête et boire beaucoup de vin.

— Nous le ferons.

—Vous devez le faire *bientôt*, sire. C'est une grande statue et il faudra tout l'après-midi pour la déplacer. Elle doit être installée dans la cité ce soir, insista Sinon.

— Pourquoi ?

— Parce qu'on dirait qu'il va pleuvoir ! dit Sinon.

Priam jeta un coup d'œil vers le ciel. Il n'y avait qu'un seul nuage en vue.

— Mais il n'a pas plu depuis des semaines !

Zeus fit un signe de la main vers le nuage et vit qu'Héra écoutait la conversation. Elle hocha la tête et fit bouger ses mains jusqu'à ce qu'un tourbillon aspire la mer en un nuage gris ardoise 10 fois plus grand que la cité de Troie.

L'ombre projetée par le nuage obscurcit le jour. Le roi Priam courut le long des remparts.

— Je veux que 100 hommes apportent ce cheval à l'intérieur. Cent hommes, et je les veux maintenant ! Vite ! Nous ne voulons pas que notre précieux cadeau se fasse mouiller !

Des hommes et des femmes sortirent de Troie en courant avec des cordes et les attachèrent autour des pattes du cheval de bois.

C'était comme un grand jeu lors d'une fête. Ils tirèrent de toutes leurs forces jusqu'à ce que le cheval commence à rouler. Ils marchèrent de plus en plus vite jusqu'à ce que certains se mettent à trotter. Ils commencèrent à chanter au rythme de leurs pas. Le cheval cahota et grinça en passant par les portes, puis roula jusqu'à l'arrêt complet sur la place de la cité.

Les gens se tournèrent vers Priam pour recevoir ses éloges. Il baissa les yeux et leur lança un ordre.

— Stoppez l'alimentation en eau de la fontaine !

— Pardon ? haleta le garde le plus mince.

— Et faites en sorte que du vin en jaillisse !

— Du vin ? Nous n'avons pas eu de vin au cours des 10 dernières années, soupira le garde au surplus de poids.

— Oh... oui... non... il y a peut-être quelques centaines de barils dans les caves de mon palais, dit Priam en rougissant.

— Misérable monarque ! cria le garde à la masse adipeuse supérieure. Vous l'aviez gardé seulement pour vous ?

— Je n'en ai pas bu, dit Priam en faisant la moue. Enfin, pas à *chaque* repas.

— Ha ! grommela le garde qui avait besoin d'un régime avant d'aller remplir la fontaine de vin.

C'était comme un jeu lors d'une fête, et chaque jeu doit avoir son prix. Le prix pour la capture du Cheval de Troie était le plus grand prix de tous.

Et son nom était la mort[27].

27 Ne vous inquiétez pas. Nous quittons Troie à l'instant, mais je peux tout de suite vous dire que tout le monde n'est pas mort. Cette nuit-là, les soldats se sont extirpés des entrailles du cheval de bois et ont fait entrer les Grecs qui étaient revenus sur les lieux avec leurs bateaux. Ils ont seulement tué les hommes et les garçons – qui les manquerait ? Les filles et les femmes ont été transformées en esclaves – ce qui peut être tout à fait plaisant si on demeure enjoué. Et Hélène ? On l'a ramenée au misérable Ménélas... qui lui a rendu la monnaie de sa pièce. Son visage ne mobiliserait plus un seul autre bateau.

DOUZE

Vous vous souvenez où j'en étais lorsque vous m'avez laissée à mon sort ? Je venais d'être projetée dans les airs par un canon. Je fonçais en direction des bras ouverts de mon père. M'a-t-il attrapée ? « Il doit l'avoir fait, pensez-vous. Autrement, tu ne serais plus là pour nous raconter cette histoire à présent. » Si vous pensez cela, alors vous n'êtes pas aussi sot que vous en avez l'air. Vous devez toutefois vous souvenir que je n'étais pas encore en sécurité − je vous ai vraiment dit que Papa avait oublié de faire DEUX choses. Peut-être que vous n'avez pas encore deviné quelles étaient-elles. Je suppose que vous voulez que je vous le dise ? Oh ! D'accord…

Je vis le visage souriant de Papa devant moi, tandis que je fonçais à toute vitesse dans l'air frais du soir, et ses grandes mains me saisirent par les poignets.

Il me hissa dans la nacelle un instant plus tard.

— Ah ! hurla-t-il. Je *t'avais dit* d'avoir confiance en moi ! Nous avons l'argent *et* tu es libre.

Je me relevai d'un pas chancelant et regardai le mur de la prison, tandis que nous prenions de l'altitude. J'arrachai ma fausse moustache et jetai un coup d'œil vers le bas.

La foule tardait à saisir ce qu'elle venait de voir, mais ce n'était pas le cas du shérif Spade.

— Mon otage! Mon otage se sauve! Je n'ai jamais perdu d'otage dans ma vie et je ne le perdrai pas maintenant. Saisissez cet homme!

Cette dernière phrase me sembla un peu étrange. À quoi pouvait-il servir de dire aux gens de saisir Papa quand Papa flottait au-dessus de leurs têtes hors de leur portée? L'autre chose étrange était que le shérif ne pointait pas vraiment en direction de Papa. Il pointait vers quelque chose sous la nacelle.

Je me penchai sur le côté aussi loin que possible et regardai sous la nacelle. C'est alors que je constatai le premier oubli de Papa.

Il avait oublié de détacher le canon de la nacelle[28]. La corde se tendit au maximum et la progression du ballon ralentit tout d'un coup. Papa regarda sur le côté. Le canon pendait à l'autre extrémité tout comme Méthée, qui avait enroulé la corde autour de son poignet. Cette dernière était maintenant très serrée et Méthée était également soulevé dans les airs.

Le poids combiné du canon et de Méthée empêchait notre ballon de s'échapper dans les nuages.

Le shérif Spade fut un des premiers à agir. Il sauta pour attraper les pieds pendants de Méthée… mais il était trop petit pour les atteindre.

---

28 Oui, bien sûr, vous l'aviez remarqué, et vous êtes assis là, le livre entre les mains, fier comme une souris dans une usine de fromage. Vous dites: «Oh! Pourquoi n'e t'en es-TU pas souvenue, Nell?» Eh bien, face de souris, plusieurs autres choses nécessitaient mon attention, des choses comme manquer le ballon et finir comme une mouche écrasée contre le mur de la prison.

— Mais arrêtez donc cet homme ! Je vous ai dit que je ne voulais pas perdre mon otage !

La nacelle heurta le mur de la prison et y demeura collée. Papa et moi étions à peu près au même niveau que le sommet du mur et pouvions regarder en bas de l'autre côté. Des prisonniers au teint pâle vêtus de loques grises levèrent des yeux étonnés vers nous. Papa leur fit un signe de la main.

— Nous ne faisons que passer ! leur dit-il.

Mais si quelqu'un parvenait à saisir les jambes de notre dieu, alors nous ne ferions que passer en retournant au sol.

— Plus de laine sur le brûleur, Nell, ordonna Papa, et je grimpai sur le côté de la nacelle pour lui obéir.

Quelques habitants de la cité d'Éden tentèrent d'aider le shérif, mais c'est difficile de lever les yeux et de marcher en ligne droite au même moment. Plusieurs s'empêtrèrent et tombèrent sur les pavés. Un homme mince et de grande taille constituait notre plus grande menace.

— Saisissez ces pieds, Mike Pike, ordonna le shérif.

M. Pike leva les yeux, puis trébucha à son tour. Il s'était pris les pieds dans la canne d'une vieille dame et la repoussa au loin. La vieille dame tomba sur les pavés et Mike Pike s'effondra par-dessus.

— C'est ma femme que vous assaillez ! cria un vieil homme, qui commença à battre l'homme mince avec sa propre canne.

Quelqu'un éloigna le vieil homme, mais une femme plus jeune commença à lui donner des coups de pied.

— Laissez ma mère tranquille, espèce de brute ! cria-t-elle.

Elle s'élança, mais donna un coup de pied au derrière d'un garçon. La mère du garçon donna une tape au visage de la jeune femme, et quelques instants plus tard, 20 hommes et femmes se bagarraient sur les pavés, se frappant à qui mieux mieux sous la nacelle. Seul le shérif ne quittait pas des yeux Méthée et ses pieds pendants.

Le shérif eut ensuite une excellente idée.

— Rendez-vous au sommet du mur de la prison et traînez ces deux moineaux hors de ce panier, ordonna-t-il.

— Vers le sommet du mur de la prison, hurla le maire pour couvrir les cris perçants des femmes qui se battaient.

— Vers le sommet du mur ! répondirent les gens en chœur.

Dix hommes se précipitèrent vers la porte de la prison et entrèrent en collision avec cette dernière.

— Shérif ! La porte est verrouillée ! cria un homme.

Le shérif Spade secoua son poing dans tous les sens.

— Verrouillée ? Comment se fait-il que la porte de la prison soit verrouillée ?

— Probablement pour empêcher les prisonniers de sortir, j'imagine, lui dit un habitant.

— Déverrouillez la porte, ordonna le shérif.

— Les prisonniers vont s'enfuir ! cria un autre habitant, propageant du même coup une onde de panique dans la foule.

— Mais si nous ne parvenons pas à l'intérieur, mon *otage* va s'enfuir, gémit le shérif en frappant sur la porte avec son revolver.

De la hauteur où j'étais, je voyais les chapeaux et les visages tournés vers le ciel, ainsi que les deux côtés de la porte de la prison.

— Qui est là ? demanda un garde depuis l'intérieur.

La fumée du foyer s'élevait abondamment dans le ballon et ce dernier grimpa contre le mur en produisant un grincement. Pris de panique, le shérif leva les yeux vers nous.

— C'est le shérif.

— Comment puis-je le savoir ?

— Savoir quoi ?

— Que vous êtes le shérif, dit le garde.

Je fis un signe de la main en direction du garde.

— Ce n'est PAS le shérif! criai-je à son intention. C'est le partenaire d'évasion de Mad Dog McGrue!

— Oh non! À l'aide! Des amis de Mad Dog McGrue veulent l'aider à s'évader! gémit le garde.

— Non, ce n'est pas vrai, cria le shérif.

— Oui, c'est vrai, dis-je tandis que le ballon grimpait de quelques centimètres de plus.

— Tu ne vas pas t'en tirer! dit le shérif à mon intention.

— À l'aide! L'associé de Mad Dog McGrue m'a dit que je n'allais pas m'en tirer, sanglota le garde.

— Je N'AI PAS dit ça, cria le shérif.

— C'est vrai, il n'a pas dit ça, acquiesçai-je.

Je devais réfléchir à toute vitesse.

— Il a dit «tirer». Il voulait dire qu'il allait tirer à travers la porte si tu ne libérais pas Mad Dog McGrue.

— Non! Non! Non! dit le garde en faisant bouger ses mains comme s'il était attaqué par un essaim de guêpes enragées.

Il leva les yeux vers moi.

— Qu'est-ce que je peux FAIRE?

— Va chercher Mad Dog McGrue et emmène-le jusqu'à la porte. Si l'homme à l'extérieur de la porte décide de tirer, il tirera sur son ami!

— Oui! Excellente idée. C'est ce que je vais faire! Oh oui! dit le garde avant de courir dans la prison.

La foule à l'extérieur était épuisée de s'être battue ainsi, et certains belligérants tentaient de se tenir debout contre les murs de la prison tandis que d'autres étaient effondrés au sol.

Méthée demeurait patiemment suspendu par son poignet pris au piège. Quand vous avez été enchaîné 200 ans à un rocher, vous apprenez ce qu'est la patience, et quand on vous a déchiré le foie chaque jour au cours de ces 200 années, un bras douloureux ne paraît pas si douloureux en fin de compte.

Le shérif me regarda du coin de l'œil et cria vers moi.

— Si Mad Dog McGrue s'évade de la prison, il sèmera la terreur dans la cité d'Éden. Tout cela sera ta faute.

Les habitants tournèrent leurs visages malpropres et graisseux vers moi.

— Non, il ne la sèmera pas, dis-je en riant.

— Et pourquoi pas ? demanda le maire.

— Parce que Mad Dog McGrue n'existe pas. Je viens de l'inventer.

— Tu as fait ça ?

— Oui.

— Pourquoi ?

— Pour gagner du temps pendant que la fumée augmente en intensité, lui dis-je.

Le ballon se gonfla un peu plus et remonta encore un peu. Le maire secoua son poing avec colère.

— C'est un type de personne TRÈS DANGEREUX à inventer, mademoiselle. Si vous voulez inventer des amis imaginaires, alors inventez un chiot ou une fée, mais PAS un bandit armé et complètement fou qui ferait faire des cauchemars aux pauvres citoyens de la cité d'Éden !

— Je suis désolée, dis-je.

Le garde revint vers la porte en courant. Nous étions presque détachés du mur de la prison à présent, mais quelqu'un aurait facilement pu saisir le canon ou Méthée et nous ramener au sol.

Le garde cria à travers la porte.

— Le gouverneur ne laissera pas Mad Dog McGrue sortir, mais il a dit que vous pouviez entrer...

— Alors, ouvrez cette porte, ordonna le shérif.

— Vous pouvez seulement entrer si vous avez une lettre du shérif, dit le garde.

— Je SUIS le shérif, cria le shérif.

— Le gouverneur a dit que vous devez le prouver en me donnant une lettre du shérif, continua le garde.

J'avais déjà entendu parler de certaines personnes qui s'arrachaient les cheveux dans un moment de colère, mais je ne l'avais jamais encore vu de mes yeux jusqu'à ce que le shérif projette son chapeau sur le sol et saisisse ses cheveux avec ses deux mains[29].

— Que quelqu'un me donne un bout de papier, demanda-t-il à la foule.

Une personne courut en chercher un tandis que le canon s'élevait au-dessus du mur. Seuls les pieds de Méthée pouvaient maintenant être attrapés.

Le shérif griffonna une note avec la plume d'oie, le sac de papier et l'encrier qu'un épicier lui avait apportés. Nous étions presque trop hauts pour être rejoints à présent. Les personnes au sol devenaient plus petites et je pouvais à peine les entendre.

— Voici la note du shérif, dit le shérif.

— Je ne peux pas la voir, dit le garde.

— Ouvrez la porte et je vous la montrerai.

— Je ne peux pas faire ça. Les prisonniers vont s'évader, dit le garde. Vous devrez m'apporter une note du shérif si vous voulez que j'ouvre la porte et que je lise votre note du shérif.

La dernière fois que je vis le shérif, il était sur ses genoux, pleurait à chaudes larmes et se frappait la tête contre la porte.

— Ça va, Méthée ? criai-je dans sa direction.

— Ne vous inquiétez pas pour moi, dit Méthée avant d'esquisser un sourire, comme s'il faisait ce genre de voyage tous les jours de sa vie.

J'alimentai le foyer avec encore plus de paille, et la flamme fit rougeoyer le ballon comme une lune rayée rouge et blanche. Nous naviguions dans les airs, bien plus haut que la prison

29   Cela peut vous blesser si vous faites la même chose un de ces jours, mais certainement pas comme ça a blessé le shérif Spade. Il avait oublié qu'il tenait un lourd revolver dans sa main droite quand il approcha rapidement ses mains de ses cheveux. Il se cogna avec force, mais il avait la tête dure.

à présent. Les rues sinueuses prirent l'apparence d'un enche-vêtrement de laine sombre et la rivière s'écoulait vers l'est dans toute sa splendeur huileuse.

Vers l'ouest, nous pouvions voir l'obscurité des plaines et des montagnes. Les petits feux de camp des Sauvages scin-tillaient, chauds et accueillants.

C'est alors que je me rendis compte que Papa avait com-mis une deuxième erreur.

C'est évident qu'une personne aussi intelligente que vous l'aura aussi découverte. Vous n'avez donc pas besoin de me dire quelle était cette erreur.

Mais peut-être qu'un ou deux tristes lecteurs NE SAVENT PAS ce que Papa avait fait de mal ! J'ai bien peur qu'*ils* doi-vent attendre pour découvrir ce que les lecteurs intelligents comme vous savent déjà...

TREIZE

QUELQUE PART AU-DESSUS DE L'ARC-EN-CIEL

Voici presque venu le moment que vous attendiez tous, celui où l'histoire de Méthée et moi devrait s'unir avec celle du Vengeur. Ce n'est toutefois pas exactement ce moment-là, parce que Méthée était suspendu à notre ballon. Il n'était donc pas où Héra avait dit qu'il serait, soit dans la cité d'Éden. L'horrible bande était près du but... mais on n'obtient pas de point quand la balle n'entre pas dans le but.

Le Vengeur vola dans l'espace et le temps. Hécatonchire battait des ailes à sa suite. Il arrivait que les têtes bavardent entre elles, et parfois elles bavardaient avec Achille et Pâris.

— Il y a tas de lunes par ici, dit la tête numéro 7.

— J'ai entendu dire que la lune de la Terre était faite de fromage vert, dit la tête numéro 17.

— J'aime le fromage, dit la tête numéro 41. Pouvons-nous nous arrêter pour y goûter ?

— Oui, pourquoi pas ? dit la tête numéro 37.

— Nous allons nous arrêter pour une petite collation, dit la tête numéro 35 à Achille et Pâris. Nous vous rejoindrons plus tard !

Hécatonchire plongea vers la lune verte de la planète Soz et survola un petit village. Une famille sortit rapidement pour voir l'étranger.

L'homme et la femme, tout comme le jeune garçon et sa sœur plus âgée, avaient tous 50 têtes et 100 bras.

Hécatonchire agita 100 mains, mais ne se posa qu'un peu plus loin dans un champ.

— Ils semblaient assez amicaux, dit la tête numéro 17 en souriant.

— Devrions-nous aller les saluer ? demanda la tête numéro 11.

Quarante-neuf têtes devinrent rouges comme un coucher de soleil.

— Nous sommes trop timides, murmurèrent-elles.

Hécatonchire prit un peu de sol de la lune de la planète Soz et la tête numéro 22 y goûta.

— Ça goûte quoi ? demanda la tête numéro 35.

— La terre, soupira la tête numéro 22.

— Ça ne goûte pas le fromage ?

— Ça ne goûte pas le fromage.

— Il serait donc préférable de rejoindre les autres alors, dit la tête numéro 43.

Les ailes divines se déployèrent et Hécatonchire fut soulevé dans les airs.

— C'était une lune bien étrange, dit la tête numéro 47 aux autres.

— Étrange ? Les habitants nous ressemblaient tous ! dit la tête numéro 35. Ce n'est pas comme sur la Terre, où il manque 49 têtes et 98 bras à ces drôles d'humains !

— Mais non, insista la tête numéro 47. Quelques personnes sur cette planète étaient... ÉTRANGES ! Elles avaient de longs cheveux !

— Non ! C'était une fille.

— Je n'ai jamais rencontré de fille auparavant, soupira la tête numéro 37.

— Elle était jolie, n'est-ce pas ? dit la tête numéro 16.

Quarante-neuf têtes étaient d'accord.

Hécatonchire s'envola vers l'espace rempli d'étoiles. Cet atterrissage rapide à la recherche de fromage fut bientôt oublié par les gens de Soz.

Mais une fille de Soz sourit tendrement, tandis qu'Hécatonchire s'envolait.

— Il était beau, n'est-ce pas ? dit la tête numéro 16.

Quarante-neuf têtes étaient d'accord.

Hécatonchire rejoignit les autres. La bande du Vengeur tourna à droite une fois arrivée à l'étoile la plus éloignée – parce que c'était la façon d'avancer dans le temps. Le Vengeur la contourna et les mena vers la Terre de la même façon qu'une oie dirige sa volée en lui faisant adopter une forme en «V».

La Terre apparut et la bande se glissa vers la partie dans le noir où la cité d'Éden se consumait comme des algues pourrissantes par une chaude nuit d'été.

Pâris plissa son joli nez dès qu'ils approchèrent du sommet des nuages violets.

— Ça sent encore plus mauvais que Hécatonchire ! dit-il en faisant la moue.

Achille volait à ses côtés.

— Tu as l'estomac d'un chaton malade, se moqua-t-il.

— Non ! Je jurerais avoir déjà senti cette odeur auparavant. Dans le temple. Quand les prêtres font un sacrifice à Zeus.

Achille haussa les épaules.

— L'odeur d'un mouton grillé ?

— Non. Parfois les prêtres deviennent paresseux et jettent simplement le mouton entier dans le feu du sacrifice, dit Pâris.

— La laine brûlée ? Tu peux sentir l'odeur de la laine brûlée ?

— Oui ! dit Pâris, tout excité. Peut-être y a-t-il un temple ici où les prêtres paresseux font un sacrifice à Zeus… Attention !

Il ajouta ce dernier mot au moment où une énorme balle rayée rouge et blanche apparut indistinctement au-dessus du nuage qui se trouvait devant eux. Il y avait quelques mots étranges sur le côté que les héros ne purent comprendre… même s'ils avaient eu le temps de les lire. Le Vengeur contourna facilement la balle monstrueuse tandis qu'Hécatonchire surgit subitement et que 50 têtes crièrent « Ouiiiiii ! » en même temps.

Deux humains étaient assis dans un panier en dessous de la balle, mais ils étaient trop éblouis par les flammes de la paille et de la laine brûlantes pour apercevoir les quatre aviateurs fantastiques dans le ciel de minuit.

Une corde pendait depuis le bord du panier et quelque chose tendait la corde vers le bas, mais ce qui y était accroché était dissimulé par l'épais nuage.

Le Vengeur plongea vers la cité d'Éden et ralentit. Les gens marchaient le long des rues en se traînant les pieds d'un air fatigué et semblaient se diriger vers leurs maisons. Une ou deux personnes portaient des torches faites de brindilles tordues et les flammes se reflétaient dans les yeux des voleurs cachés dans les ruelles. Certains hommes portaient des mousquets et se dirigeaient vers les murs de la cité.

Le Vengeur indiqua à ses trois assistants de demeurer dans les airs jusqu'à ce que tout soit calme en bas.

Une fois la dernière torche éteinte dans la dernière maison et la cité ainsi endormie dans une obscurité huileuse, le Vengeur les conduisit vers le bord de la mer. Pâris et Achille se posèrent doucement sur le bord du quai à côté de l'ombre bossue du Vengeur. Hécatonchire réussit maladroitement à arracher le mât d'un bateau déjà brisé. Il dispersa des cages à homards vides à travers le quai avant de s'empêtrer les pieds dans une pile de filets de pêche.

— Oh là là! dirent d'une seule voix les têtes numéros 21, 36 et 43.

Un chien effrayé aboya dans leur direction avant de détaler dans une allée longeant l'Auberge Tempête pour s'y cacher et essayer d'oublier le cauchemar qu'il venait de voir.

Le Vengeur ordonna à Hécatonchire de se cacher sous le pont du bateau abandonné avec le mât cassé. Il lui refila les ailes des héros, et lui ordonna de les placer dans la cale et de les surveiller. Achille et Pâris s'endormirent sur le tas de filets rugueux et laissèrent le Vengeur seul avec ses pensées. C'étaient de sombres pensées, impliquant des chaînes et des rochers. Des pensées de vengeance et de foie cru. Il traversa la route et arriva à l'Auberge Tempête. Tout le monde dormait. Le ronflement de 20 voyageurs secouait les volets. Le monstre aux allures d'oiseau ne pouvait détecter l'odeur qui lui aurait révélé qu'un dieu Titan avait été à l'intérieur. Peut-être qu'il y entrerait le lendemain matin pour poser quelques questions. Si Méthée était de retour dans la cité d'Éden, alors c'est à l'Auberge Tempête qu'il mettrait les pieds.

L'Auberge Tempête… ou le Temple du Héros. L'oiseau parcourut les ruelles désertes, tentant de se souvenir quel chemin il devait prendre pour arriver au temple. Il passa devant une maison munie d'un écriteau où on pouvait lire : «Le monde merveilleux des enfants de Mme Waters. La crèche la plus agréable en ville.»

Des bébés toussaient et pleuraient faiblement derrière les fenêtres couvertes de toiles d'araignée. Le Vengeur fit une pause pendant un moment et regarda par la fenêtre pour y voir une vieille femme aux épaules voûtées éclairée par une faible bougie qui dégageait de la fumée.

— Je suis occupé, madame Waters, marmonna-t-il. Très occupé. Mais un jour, je serai peut-être de retour pour vous conduire directement chez Hadès. Un jour.

La vieille femme leva les yeux du berceau à côté duquel elle était assise avec un bout de chandelle de gras de mouton, occupée à donner de la nourriture à un enfant aux cheveux bruns. Elle trembla et se réchauffa les mains près de sa bougie.

— Brrrr! On dirait que quelqu'un vient de marcher sur ma tombe, caqueta-t-elle.

C'était encore plus vrai qu'elle le croyait.

Le Vengeur poursuivit sa route, ses serres laissant des marques sur les trottoirs de bois. Un écriteau à la peinture décoloré se lisait ainsi: «Vers le Temple du Héros.»

La rue était noire comme une ombre sombre. La ruelle qui menait vers le temple était noire comme l'ombre d'une ombre. Plus sombre encore que les Enfers. Le Vengeur s'avança dans l'air noir comme de l'encre.

Il y eut un léger sifflement dans l'air et une lame vint s'appuyer sur sa gorge emplumée.

— La bourse ou la vie? dit la voix grinçante d'un vieil homme dans une obscurité digne d'une cave à charbon.

— La vie, chuchota le Vengeur.

— Quoi? Vous n'êtes pas censé répondre cela!

— Je suis vraiment désolé de vous décevoir, souffla le Vengeur.

Il déplaça sa tête très rapidement et eut aussitôt la lame dans le bec. Un instant plus tard, son bec brisait la lame d'acier dans un craquement.

— Ce couteau m'a coûté 50 cents! se plaignit le vieil homme.

Il portait un mouchoir très sale sur la moitié inférieure de son visage. Il le souleva avec colère.

— Je vous dénoncerai au shérif Spade ! Je le ferai ! J'ai besoin de ce couteau pour gagner ma vie. C'est mon outil de travail. Je suis le Fantôme de la nuit…

— Le quoi ?

— Le Fantôme de la nuit. Je suis célèbre dans la cité d'Éden. Ils m'appellent le Maraudeur masqué.

— Je pensais qu'ils vous appelaient le Fantôme de la nuit ?

— Ça, c'est pour la nuit. Le jour, ils m'appellent le Maraudeur masqué. De toute façon, je pourrais vous faire arrêter ! Vous me devez 60 cents.

— Je pensais vous avoir entendu dire qu'il vous avait coûté 50 cents.

— Le prix a augmenté depuis que j'ai acheté ce couteau. En fait, il n'est même plus possible de s'en procurer un à présent. Vous avez ruiné ma vie, dit le vieil homme dont les yeux pâles rougeoyaient dans la rue sombre.

Le Vengeur avait rencontré plusieurs personnes en colère, mais n'avait jamais fait face à ce problème auparavant.

— Je suis… désolé, balbutia-t-il.

Puis il referma son bec et secoua sa tête à plumes.

— Non, je ne le suis pas. Vous avez essayé de me *voler* ! Vous êtes un *voleur* !

— Même un voleur a des droits, dit le vieil homme. J'ai le droit d'être payé pour les dommages faits à mon couteau.

— Non, vous *n'avez pas* ce droit !

— Alors, voyons ce que le shérif Spade en pense, d'accord ?

Le Vengeur avait de l'écume au bec tant sa colère grandissait.

— Écoutez-moi bien. Je vais vous tuer et emmener votre esprit directement chez Hadès si vous ne faites pas ce que je vous dis.

— Pas besoin d'être comme ça, râla le vieil homme.

— Je SUIS comme ça. C'est MON travail d'être comme ça. Alors, fermez donc votre bouche édentée et écoutez…

— Ha! Vous êtes bien placé pour vous moquer du fait que je sois édenté, bougonna l'homme.

Le Vengeur l'ignora.

— Écoutez, monsieur Waters. Je vous épargnerai la vie si vous pouvez m'aider.

— Comment connaissez-vous mon vrai nom? Je suis le Fantôme de la nuit!

— J'en sais plus encore que vous le croyez, siffla le Vengeur avec son bec. La chose que je ne sais pas, c'est où se trouve ma proie. L'homme que je recherche se nomme Prométhée.

— Je n'ai jamais entendu parler de lui.

— Non, mais vous l'avez peut-être déjà vu. Il est grand, en comparaison avec les autres malheureux humains que vous êtes. Il a de longs cheveux bruns et une peau dorée. Vous diriez probablement que c'est un bel homme. Il a des ailes blanches et il vole.

— Il vole? C'est un concurrent, alors! Si je le trouve, je vais lui faire la peau! dit le vieil homme.

Le Vengeur soupira.

— Je veux dire qu'il peut voler dans les airs.

— Oh! Vous voulez parler du docteur Dee!

— Vous croyez?

— Un forain coiffé d'un haut-de-forme. Il vole. Il a une jeune fille qui marche sur des cordes.

— Non, non, cela ne lui ressemble pas. Pour vous, Prométhée ressemblerait à un jeune homme.

— Eh bien, vous pourriez alors parler de l'assistant du docteur Dee! Il porte un costume rayé rouge et blanc. Et il est très fort.

— Voilà qui lui ressemble, dit le Vengeur dont les serres cliquetaient sur les pavés pendant qu'il changeait de position, soudainement excité. Où puis-je le trouver ?

— Oh, il s'est échappé plus tôt ce soir ! Il a été coincé dans la corde d'un ballon et il s'est envolé.

— Un ballon ?

— Un grand sac rempli d'air chaud. Ils ont aussi avec eux un sac plein d'argent. Ils ont dupé les citoyens de la cité d'Éden. Je les déteste.

— Parce qu'ils vous ont dupé ?

— Non, mais parce que c'était une très bonne idée. J'aurais aimé y avoir pensé moi-même, soupira M. Waters, le Fantôme de la nuit. Je serais riche et je n'aurais pas à errer dans les rues à faire peur aux gens. Ce n'est pas bon pour mes vieux pieds de faire du maraudage toute la journée et de jouer les fantômes toute la nuit. C'est mortel !

— Tout comme moi, monsieur Waters, souffla l'oiseau. Mais vous m'avez été utile, alors je vais vous laisser la vie sauve.

— Et mon couteau ?

L'oiseau cligna des yeux et se pencha vers le vieil homme. Son souffle aigre fit pleurer les yeux du vieil homme comme l'aurait fait un oignon.

— Votre couteau ? Je vous laisse en vie. Maintenant, dites-moi vers où ils se sont envolés avec ce balcon.

— Ballon.

— Balcon, ballon… qui s'en soucie ? Dites-moi seulement vers où ils sont partis.

— C'est ce qui est étrange ! dit le vieil homme en s'essuyant le nez avec le mouchoir qu'il portait encore au visage. Ils se sont envolés vers l'ouest… ils se dirigent vers le pays des Sauvages ! Ils se feront scalper ! Aussi bien dire qu'ils vont vers une mort certaine !

QUATORZE

LES PLAINES DE LA CITÉ D'ÉDEN – 1795

Ça vous donne des frissons dans le dos, n'est-ce pas ? Imaginez que vous êtes assis dans la chaise de votre coiffeur pour une coupe de cheveux et qu'il glisse un couteau de pierre sous la base de vos cheveux avant de ramener subitement son couteau vers l'arrière. Vous n'aurez plus jamais besoin de coupe de cheveux ! Je me demande ce que les Sauvages feraient avec un homme chauve. Est-ce qu'ils le scalperaient quand même et se serviraient de son scalp pour rapiécer les coudes de leurs chemises ? Je n'ai jamais eu la chance de poser cette dernière question aux Sauvages. De toute façon, ils n'étaient pas les Sauvages amateurs de scalps que nous avions imaginés, et ce fut très bien ainsi…

Vous aurez probablement découvert le second «oubli» de Papa avant moi. J'étais tellement *contente* de m'être échappée de la cité d'Éden que je ne pensais pas à notre destination. Nous nous élevâmes à travers un nuage, et trois ou quatre oiseaux gigantesques se précipitèrent vers nous en faisant trembler le ballon.

Papa tomba sur le côté et agrippa une corde. Par malchance, c'était la corde qui permettait de laisser l'air chaud s'échapper du ballon. Il y eut un sifflement et nous chutâmes brusquement dans le nuage.

— Il faut plus de paille et de laine dans le foyer, Nell! me dit Papa.

— Nous sommes à court de carburant! lui dis-je. Nous en avions juste assez pour traverser la rivière, mais nous en avons déjà trop utilisé pour nous libérer du mur de la prison. On dirait bien que nous allons aboutir dans la rivière et mourir noyés après tout.

Je regardai sur le côté pour voir si Méthée était toujours avec nous. Il s'en tirerait. Il pourrait nager et peut-être se noyer, mais il pourrait ressusciter; nager, se noyer et ressusciter autant de fois que nécessaire jusqu'à ce qu'il soit en sécurité, chose que je ne pouvais pas faire.

— Tu es encore là, Méthée? Ces oiseaux nous ont fait perdre pas mal de fumée. Nous descendons.

— Ce n'étaient pas des oiseaux, dit-il. C'était le Vengeur – celui qui me pourchasse. Il peut compter sur l'aide d'Achille et de Pâris, et l'autre créature ressemblait à Hécatonchire[30].

Nous traversâmes le dessous du nuage. Méthée fit un signe avec sa main libre et je cherchai des yeux les eaux huileuses de la rivière, qui attendaient de nous aspirer vers une mort poisseuse. Je vis plutôt des feux brillants au milieu de différents cercles de tentes et je sus que Papa avait oublié une seconde chose.

— Papa! criai-je. Avais-tu pensé à vérifier le vent? Soufflait-il de l'est ou de l'ouest au moment où nous avons quitté la cité d'Éden?

---

30   Je sais ce que vous pensez: si Méthée les a vus, alors pourquoi eux ne l'ont-ils pas vu? Si vous êtes dans la brume, elle vous dissimule aux yeux de ceux hors de la brume, mais vous pouvez souvent voir les gens à l'extérieur de cette dernière. Oh, je sais ce que je veux dire! De toute façon, Méthée était sorti du nuage au moment où ils sont passés, et il a pu voir leurs dos tout à fait clairement.

Il haussa les épaules.

— Ils ont dit que le vent soufflait de l'ouest en soirée.

— Eh bien, ils avaient tort! Nous ne nous dirigeons pas vers la cité d'East River, nous nous dirigeons vers les plaines, en direction des campements des Sauvages!

— Ça ne m'est jamais arrivé pendant toutes mes années d'aéronaute, dit-il.

— Toutes tes années? Tu as volé pour la première fois en vol libre hier…

— Les frères Montgolfier à Paris…

— Non, Papa! hurlai-je. Ce n'était qu'une histoire inventée de toutes pièces pour méduser les bonnes poires, tu ne t'en souviens pas? Tu n'es pas vraiment un aéronaute… tu es un forain.

— Je suppose que tu as raison, Nell, dit-il avec tristesse.

— Et tu seras bientôt un forain chauve, gémis-je.

Nous chutâmes avec constance vers un cercle de tentes, et des guerriers vêtus de peaux d'animaux en sortirent pour nous regarder. Ils portaient pour la plupart des hachettes munies de têtes en pierre, ainsi que des arcs et des flèches. J'imaginai que c'étaient là les hachettes qu'ils utiliseraient pour nous scalper.

Ça ferait mal. J'espérais que l'atterrissage nous tue d'abord.

Mais l'atterrissage fut aussi doux que la chute d'une plume sur un drap de soie. J'oubliais que Méthée était un aviateur. Il atterrit en premier. Il plaça le canon sur l'herbe douce – des herbes des prairies rasées par les poneys des Sauvages –, puis il leva les bras et retint la nacelle avec ses bras puissants.

Il déposa la nacelle sur le sol. Papa saisit son chapeau et l'enfonça sur sa tête.

— Cela ne les empêchera pas de nous scalper, lui dis-je.

— Ce n'est pas la raison pour laquelle je le porte! répondit-il. Si nous devons mourir, donnons-leur d'abord un spectacle.

— Pardon ?

— Faisons ce que nous avons fait quand nous avons atterri dans la cité d'Éden et offrons un spectacle à ces Sauvages. Ils n'ont probablement rien vu de tel auparavant. Ces gens simples d'esprit pourraient même croire que nous sommes des dieux qui descendent du ciel !

— Quoi ?

Papa avait habituellement raison. Je me dépêchai de m'habiller comme Mademoiselle Cobweb et cherchai un endroit où tendre une corde raide. Les tentes des Sauvages étaient pointues au sommet – une corde pourrait aller du sommet d'une tente au sommet d'une autre, pensai-je.

Je chuchotai une demande rapide à Méthée parce qu'il était assez grand pour atteindre le sommet des tentes sans échelle. Il prit la corde du canon et se mit au travail. Papa décida ce que nous allions faire et donna le coup d'envoi du spectacle.

— Bienvenue au stupéfiant Carnaval des dangers du docteur Dee ! dit-il en souriant aux guerriers, pour le moins perplexes. Ce soir, vous verrez ma talentueuse équipe de courageux acrobates oser défier la mort. En fait, mes amis, je dois vous avertir que certains d'entre eux pourraient ne pas réchapper aux dangers. Il y a des jours où c'est la mort qui gagne. Si vous être troublés par la vue de corps mutilés et de cadavres ensanglantés, alors je vous en prie, prenez le chemin de vos tentes dès maintenant…

Personne ne quitta les lieux. Personne n'esquissa de sourire. Papa se tourna vers la nacelle et toussa.

— Mademoiselle Cobweb… dit-il d'une voix forte, avant de faire une pause.

Il regarda vers la nacelle en fronçant les sourcils.

— …ne fera pas que marcher sur la corde, elle y dansera ! Puis il baissa la voix.

— Nell, tu es prête ou quoi ?

— Je ne trouve pas le pantalon à froufrous de Mademoiselle Cobweb! glapis-je depuis la nacelle.

— Alors, vas-y sans!

— Quoi? dis-je en poussant un cri rauque. Que je danse sur la corde sans pantalon? Non merci!

— Tu aimerais mieux te faire scalper?

— Enfin, Papa, oui, si je devais choisir!

Je replongeai donc dans la nacelle et me mis à fouiller avec frénésie dans la boîte de vêtements.

Papa se tourna vers le cercle de guerriers.

— Pendant que nous attendons, je vais vous faire une démonstration de mon fameux numéro d'avaleur de feu! dit-il.

Il tira une petite bouteille d'alcool de la poche de son manteau et en but de petites gorgées. Il s'avança ensuite vers le feu de camp et en retira un long bâton. Il cracha enfin un grand globe de flammes comme une boule de feu.

Habituellement, les spectateurs criaient en voyant cette scène et les enfants se réfugiaient dans les jupes de leurs mères. Les Sauvages demeurèrent silencieux. Je trouvai enfin le pantalon et l'enfilai.

Papa essaya tous les numéros qu'il connaissait avec le feu, mais les visages des Sauvages demeuraient de glace, comme l'eau de leurs lacs en hiver. Il finit par cracher trois boules de feu dans les airs – l'une après l'autre, ce qui illumina le ciel de la nuit. C'était sensationnel. Il retira rapidement son haut-de-forme et salua la foule en s'inclinant.

Les guerriers secouèrent la tête et se tournèrent vers un garçon de mon âge. Il portait un pantalon fait d'une peau animale mais n'avait pas de chemise. Il s'avança vers Papa et prit le bâton enflammé que ce dernier tenait jusque-là dans ses mains.

Il posa l'extrémité brûlante sur son bras nu et la glissa ensuite de haut en bas, avant de faire la même chose sur sa poitrine. Les bras m'en tombèrent, mais le garçon ne montrait aucun signe de douleur et n'affichait aucune trace de brûlure. Il se retourna et utilisa le bâton pour étaler des braises incandescentes sur le sol. Il posa alors les pieds sur ces braises et y marcha lentement.

Il se posta ensuite devant Papa et s'inclina. Les guerriers l'acclamèrent en riant. Papa applaudit poliment avec un grand sourire inquiet.

— À présent, voici la célèbre Mademoiselle Cobweb d'Angleterre, dans son célèbre pantalon à froufrous, qui dansera sur la corde ! Et une bonne main d'applaudissements en son honneur ! Il applaudit d'une manière extravagante, mais personne ne suivit.

Méthée me souleva sur la corde. Je devais marcher et danser sans filet. C'était assez haut pour que je me fracture quelques os, et certaines de mes hésitations étaient bien réelles. Je terminai mon numéro en me retournant vivement sur la corde. Je saluai la foule avant de sauter dans les bras de Méthée.

Le garçon de la tribu des Sauvages grimpa en courant sur la paroi de la tente sans aucune aide. Il sauta sur la corde, mais n'y marcha ni n'y dansa. Il choisit plutôt d'y exécuter des pirouettes et d'y faire la roue. Il se laissa tomber, s'agrippa à la corde d'une seule main et descendit doucement au sol. Il s'avança vers moi et s'inclina pendant que ses amis l'acclamaient.

Je sentis mon visage rougir encore plus que les rayures rouges de notre ballon. Il venait de me faire passer pour la plus grande idiote jamais descendue d'un ballon. C'est alors que Méthée, le héros, s'avança et me sauva la mise.

Il s'approcha du garçon qui souriait d'un air satisfait et lui retira la hachette de sa ceinture. Il plaça ensuite une main sur une pierre et, de l'autre, rabattit l'arme soudainement. Un de ses doigts s'envola avant de retomber dans le feu.

Le garçon sembla abasourdi. Je crus que Papa allait s'évanouir. Comme j'étais la seule à savoir que le foie de Méthée pouvait se régénérer avant le lever du jour suivant, je supposai que son doigt pourrait aussi repousser.

Méthée rendit la hachette au garçon et inclina la tête comme s'il avait voulu dire : « À ton tour. »

Le garçon secoua lentement la tête.

—Vous gagnez, dit-il.

Puis il se tourna vers Papa et moi, et dit :

— Je savais que vous, les Sauvages, étiez fous, mais jamais je n'aurais cru que vous l'étiez *à ce point.*

—Vous parlez français ? demandai-je.

Il haussa les épaules.

— Nous avons essayé de négocier avec les Sauvages derrière les murs de bois. Nous avons appris.

— Nous ne sommes pas des Sauvages, lui dis-je.

— Vous venez de cet endroit qui porte le nom de cité d'Éden, n'est-ce pas ?

— Oui.

— Nous vous appelons les Sauvages, dit-il.

— Ils vous appellent les Sauvages ! lui dis-je.

Il hocha la tête.

— Je peux le croire.

—Vous n'êtes pas Sauvages ? Vous ne scalpez pas les gens ? demandai-je.

Il esquissa un petit sourire.

—Jamais. C'est une rumeur qu'ils ont lancée afin de faire en sorte que les Sauvages… enfin, les gens de la cité d'Éden… nous craignent et souhaitent nous tuer s'ils en ont l'occasion.

— Nous ne sommes pas vraiment de la cité d'Éden, dit Papa au garçon. Nous sommes des voyageurs, des nomades.

Le sourire du garçon était maintenant large et brillant.

— Nous aussi. Mon peuple sillonne les plaines pour chasser et pêcher. Nous n'avons pas de ville comme la cité d'Éden.

— *Ton* peuple ? demanda Méthée. Tu es leur chef ?

Le garçon hocha la tête.

— On m'appelle Ours qui court. Mon père était le plus courageux de tous les hommes courageux, dit-il. Mais les Sauvages de la cité d'Éden ont des armes spéciales qu'ils nomment armes à feu. Ils utilisent le feu et crachent des balles de métal. Ils l'ont tué. Même mon père ne pouvait survivre aux balles de la cité d'Éden.

— Je suis désolé, dit Méthée.

— Désolé ?

— Oui. De leur avoir donné le feu. Je l'ai volé et l'ai donné aux humains. Je ne savais vraiment pas… commença-t-il.

Il regarda ses pieds, soudainement honteux.

— Ils utiliseront leurs armes à feu en métal et nous détruiront avec le temps, dit le garçon.

— Est-ce pour cette raison que vous attaquez maintenant la cité d'Éden ? demanda Papa. Pour essayer de les tuer avant qu'ils vous tuent ?

Ours qui court fronça les sourcils.

— Non. Si nous tuons tous les Sauvages de la cité d'Éden, d'autres viendront depuis l'autre côté de la rivière. Nous ne voulons tuer personne.

Ces propos me rendirent perplexe.

— Vous avez encerclé la cité. Ils ne peuvent obtenir de nourriture et ne peuvent sortir. C'est un siège.

— Comme à Troie, ajouta Méthée.

Ours qui court écarta les mains.

— Le maire a dit que son nom était *Making Peace*, qui veut dire « faire la paix ».

— Le maire Makepeace ?

— Il nous a dit que les gens de sa cité voulaient s'emparer de nos plaines et les transformer en fermes. Il a dit qu'il nous donnerait des armes à feu et de l'or, et que nous pourrions nous déplacer à travers les montagnes.

— Et vous ne voulez pas partir d'ici. C'est la raison pour laquelle vous attaquez? demanda Papa.

— Non, ce n'est pas la raison. Le maire Making Peace a dit qu'il voulait engager des pourparlers de paix avec nous. Il est venu avec ses hommes de loi et ses armes à feu. Nous n'avons pas parlé bien longtemps. Il pouvait comprendre que nous n'allions jamais renoncer à nos terres. Il a alors esquissé un sourire et a dit qu'il nous ferait une offre encore plus importante le lendemain.

— Encore plus d'or? demanda Papa.

Papa aimait l'or.

— Que voulez-vous que nous fassions avec de l'or? Pendant que nous parlions de paix avec le maire, son homme de loi avec les poils sur son visage attendait à l'extérieur...

— Le shérif Spade, dis-je en hochant la tête.

— Oui. Son shérif. Cet homme a kidnappé ma petite soeur, Rose des Prairies, dans sa tente, et l'a emmenée dans la cité d'Éden. Ce soir-là, il nous a fait une offre: « Donnez-nous vos terres et vous pourrez récupérer votre princesse. »

Méthée ferma les yeux et murmura.

— Ils détiennent la princesse dans la cité d'Éden comme les Troyens détenaient Hélène de Sparte.

— Mon père est parti à la tête d'un détachement pour la délivrer, mais nous ne pouvons escalader leurs murs, car ils ont des armes à feu et nous n'avons que des arcs, dit-il avec de la douleur dans les yeux. Ils l'ont tué.

— Vous devez donc les affamer jusqu'à ce qu'ils se rendent? demandai-je.

— Ou renoncer à nos terres. C'est notre seul choix.

Le campement fut soudainement silencieux à l'exception de la faible brise qui provoquait le crépitement des étincelles dans le feu de camp.

— Ce n'est pas votre seul choix, dit Méthée.

Nous l'avons tous regardé.

— Que pouvons-nous faire d'autre[31] ? demandai-je.

— Nous pouvons la sauver, dit simplement Méthée. Sauver leur princesse de sa cité de Troie.

31 J'ai bien dit «nous». Je ne me souviens pas à quel moment j'ai décidé que nous étions subitement dans le camp des Sauvages des plaines, mais Papa et Méthée ne discutèrent pas. Ils devaient avoir décidé à peu près au même moment que nous allions combattre contre la cité d'Éden.

QUINZE

TROIE – IL Y A 4 000 ANS, ET LA CITÉ D'ÉDEN – 1795

Ces vieux dieux grecs étaient des snobs. Ils détestaient les pathétiques petits humains, mais ils ne pouvaient s'empêcher de se mêler de leurs vies. Le siège de Troie était chose du passé et ils voulaient encore se divertir. Peut-être un autre siège pour continuer à s'amuser...

Héra et Zeus regardaient Troie depuis leur nuage. C'était un triste spectacle.

Les palais et les tours n'étaient plus que ruines fumantes, des poutres noircies et brûlées se dressaient au-dessus des murs carbonisés comme les côtes d'un chien mort dont les oiseaux auraient déchiré la chair.

Le vin cramoisi s'écoulait dans les rues depuis la fontaine en se mêlant au sang rouge cerise des hommes et des garçons.

Tous semblaient se déplacer avec une extrême lenteur. On avait attaché ensemble les femmes de Troie réduites à l'état d'esclaves et on les conduisait sur la plaine vers les bateaux qui les attendaient. Des soldats grecs creusaient péniblement dans la plaine des fosses communes où jeter les corps de leurs victimes. Ils les tiraient par les jambes et les laissaient glisser dans leurs tombes poussiéreuses.

D'autres soldats manipulaient d'énormes troncs d'arbre qu'ils utilisaient comme leviers pour soulever les pierres des murs anciens et les faire s'écrouler. De temps à autre, une voix empreinte de colère se faisait entendre.

— Hé! Regarde un peu où tu fais tomber ce mur… tu m'as presque écrasé avec cette tour sans sommet!

— Tu devrais plutôt faire attention à l'endroit où tu te trouves, camarade.

— On m'a dit de creuser cette tombe ici. Mon travail ne consiste donc pas à la creuser ailleurs. Sois prudent, ou je vais traverser cette ruine et enfoncer ma pelle dans ta grande gueule!

— J'aimerais bien te voir essayer!

— Ah oui? Tu veux te battre, c'est ça?

Il y eut un silence remarquable, 1 000 soldats s'étant arrêtés pour écouter la suite de cette discussion. Puis le silence fut brisé.

— Non… Je me suis battu pendant 10 ans. Assez, c'est assez. Désolé, camarade.

— Sans rancune, camarade.

Le travail à la pelle, le déplacement des esclaves et la démolition continuèrent encore plusieurs jours. Les Grecs partirent et les rats revinrent. Les plaines venteuses poussèrent leur sable sur les ruines et transformèrent Troie en souvenir.

— Et voilà que je meurs d'ennui encore une fois, dit Héra.

Zeus la regarda.

— Tu mourais d'ennui parce que le siège n'en finissait pas. J'ai fait quelque chose pour que ça change. Maintenant, tu meurs d'ennui parce que le siège est terminé. Tu n'es donc jamais satisfaite, c'est ça?

La déesse haussa les épaules.

— Ne pourrions-nous pas trouver un autre siège plus passionnant? Un qui durerait 10 semaines et non 10 ans?

Zeus soupira.

— Mon cousin Méthée joue justement un rôle dans un siège en ce moment. Je dis en ce moment mais, en réalité, c'est à 4 000 années dans le futur.

— Emmène-moi là-bas, ordonna Héra. Une princesse est-elle retenue en otage? Y a-t-il des héros? Des vilains? Emmène-moi là-bas.

— Bon, d'accord, soupira Zeus.

Il utilisa ses pouvoirs divins pour déplacer le nuage des plaines venteuses de Troie aux plaines venteuses de la cité d'Éden[32]. Pendant que le nuage se déplaçait de l'autre côté de la Terre, le Soleil (qui est responsable du temps qui passe) commença à filer dans le ciel de plus en plus rapidement, jusqu'à ce qu'il n'y ait plus qu'une tache dans le ciel.

Il y a 365 jours dans une année, et la Terre vit passer près de 4 000 ans en accéléré. Quatre mille fois 365. C'est… beaucoup.

La rotation ralentit et le nuage de Zeus se positionna au-dessus des plaines de la cité d'Éden. Zeus et Héra étudièrent les peuples en présence.

— Cette fois, *je* veux participer. Je ne veux pas passer ma vie assise sur ce nuage à observer la petite pièce de théâtre que nous offrent les humains. Je veux être sur la scène et avoir un rôle. Dis-moi quoi faire.

---

32   Les dieux ordinaires devaient bien sûr voler dans l'espace pour se déplacer dans le temps, mais Zeus n'était pas un dieu ordinaire. Il était le dieu en chef, et il pouvait se déplacer dans le temps et l'espace grâce à un pouvoir spécial que personne d'autre n'avait. C'était un pouvoir qu'il utilisait rarement – il y a donc peu de chances qu'il surgisse tout à coup derrière vous et qu'il lise votre livre par-dessus votre épaule. La vérité est qu'il était trop paresseux pour vraiment profiter de ce merveilleux don. Il devait être harcelé par quelqu'un comme Héra. Je suis harcelée par mon propriétaire pour payer le loyer, donc j'écris ce livre. Nous avons tous besoin que quelqu'un nous motive de temps en temps, n'est-ce pas?

Zeus était fort heureux de céder la place à Héra. Cela lui permettrait de se reposer. Je *vous* ai déjà dit qu'il était paresseux. Il lui expliqua donc comment elle pouvait se déguiser et lui parla même d'un plan pour anéantir les défenses de la cité. Héra se laissa ensuite descendre sur la Terre et surgit au milieu du campement d'Ours qui court au lever du soleil. C'était le matin suivant notre arrivée au milieu de la nuit. Tout le monde était somnolent. C'est moi qui la vis en premier. Nous faisions chauffer un peu de farine de maïs dans une bouillie de flocons d'avoine pour le petit déjeuner lorsqu'elle s'avança dans le cercle formé par les tentes.

Elle ressemblait à une reine guerrière, ainsi parée dans son armure de bronze, et elle portait un bouclier et une lance. Les Sauvages la regardèrent comme si elle arrivait directement d'une autre planète.

— Salutations, créatures humaines simples d'esprit, dit-elle.

Ours qui court bondit sur ses pieds et lui fit face. Héra avait mal calculé sa taille et était trop grande pour une femme humaine. La tête d'Ours qui court et la mienne atteignaient à peine la boucle de sa ceinture.

— Nous ne sommes pas des simples d'esprit, lui dit le garçon.

— Et nous ne sommes pas des créatures, ajoutai-je.

Elle nous ignora.

— Je suis venue parmi vous pour sauver votre princesse de cette cité maudite ! dit-elle sur un ton théâtral ou comme si elle voulait imiter Papa quand il tentait d'attirer une foule.

— Nous avons déjà un plan, lui dis-je.

C'était presque comme si elle était sourde.

— J'ai fabriqué une belle statue de bois représentant un cheval ! dit-elle en pointant du doigt vers un espace libre entre les tentes, où un cheval sculpté se dressait sur des roues.

La statue était aussi haute que les murs de la cité d'Éden et ressemblait beaucoup à un véritable cheval.

—Vos soldats pourront pénétrer dans la cité en se cachant à l'intérieur du cheval, et massacrer leurs hommes et leurs garçons pendant leur sommeil.

— Nous ne voulons massacrer personne, dit Méthée. Nous avons un plan pour sauver la princesse…

Elle posa les yeux sur lui.

— Oh, c'est toi, Méthée. Je te fais confiance pour tenter de protéger tes précieux petits humains. On ne fait pas de sacrifice sans tuer de chèvre, comme on dit. Tu ne peux donc pas sauver une princesse sans un bon vieux massacre. Pense à ce qui est arrivé à Troie.

— J'ai un plan… commença Méthée.

— Un plan ? Ha ! Les plans les plus simples sont toujours les meilleurs. J'entrerai dans la cité à l'intérieur du cheval et j'ouvrirai les portes une fois la nuit venue. Tu n'auras plus qu'à faire entrer ton armée pour tuer les hommes et les garçons, tout simplement.

— Il n'est pas nécessaire que quiconque soit tué.

Méthée tenta d'avancer ses arguments, mais Héra fit de nouveau la sourde oreille.

— Le sang coulera dans les rues ! cria la déesse. La princesse sera rendue à son heureux mari…

— Elle n'a pas de mari… elle n'a même pas un an, fit remarquer Ours qui court.

— La cité sera réduite en cendres ! cria-t-elle.

Elle jeta un coup d'œil aux guerriers qui enfournaient des cuillerées de gruau d'avoine dans la bouche à partir de leurs bols de bois.

— Qui se joindra à moi à l'intérieur du cheval et fera rejaillir la gloire sur la tribu ?

Les guerriers se regardèrent. L'un d'eux prit la parole.

— Y a-t-il des toilettes à l'intérieur ? demanda-t-il.

— Bien sûr que non ! lui répondit Héra.

— Dans ce cas, vous ne me ferez pas entrer dans ce cheval ! dit-il, et les autres hochèrent la tête.

— Alors, j'irai seule. Tous les grands héros du monde doivent se battre seuls. La gloire sera à moi, juste à moi ! criat-elle. Je vais me glisser à l'intérieur et vous pourrez tirer le cheval jusqu'aux portes de la cité, ajouta-t-elle.

Nous nous levâmes d'un air las.

— Mais d'où vient-elle, celle-là ? murmurai-je à Méthée. Il soupira.

— Je suis désolé, me dit-il. C'est ma cousine Héra portant un déguisement. La femme de mon cousin Zeus.

Il leva les yeux vers un nuage solitaire dans le ciel du matin au-dessus du campement et vit quelque chose que je ne pouvais voir. Il fit un signe de la main et sourit.

— Oui, Zeus est ici.

Je regardai le nuage brillant en plissant les yeux, mais je ne pouvais y voir qu'une lueur dorée qui aurait bien pu être le reflet du soleil matinal.

— Que faisons-nous maintenant ?

— Nous n'avons qu'à la laisser tenter sa chance, j'imagine. Nous n'avons rien à perdre. Notre principal souci est de sauver le bébé Rose des Prairies.

— Et si elle tue tout le monde dans la cité d'Éden ? dis-je.

— Ils peuvent compter sur Achille et Pâris pour les défendre, dit Méthée. Mais elle pourrait bien franchir les portes et nous pourrions alors nous glisser derrière elle.

Méthée expliqua notre plan à Ours qui court, tandis que les guerriers tiraient le cheval de bois à travers la plaine.

— Nell et moi entrerons dans la cité quand ils ouvriront les portes, et nous reviendrons avec la princesse.

— Je viendrai avec vous, dit le garçon.

— Non, lui dit Méthée. Tu as la même apparence que les Sauvages. Ils te tueront dès qu'ils te verront à l'intérieur de la cité.

Ours qui court bougonna et argumenta, mais il dut se rendre à l'évidence. Méthée et moi suivîmes donc le cheval de bois, qui s'immobilisa à environ 50 pas des portes de la cité d'Éden. Nous nous couchâmes dans les herbes hautes pour attendre.

Les tentes des Sauvages furent démontées au courant de la matinée et les guerriers retraitèrent vers les contreforts des montagnes, hors de la vue des habitants de la cité d'Éden. Ces derniers s'approchèrent des murs pour regarder l'étrange cheval.

Les portes furent ouvertes en après-midi et nous entendîmes des bruits de pas dans les hautes herbes.

— Eh bien ! Un cheval de bois ! dit le maire Makepeace.

Le shérif éclata de rire.

— Ce bon vieux truc tiré de l'histoire de Troie, hein ?

Méthée se déplaça rapidement et murmura à mon oreille :

— Même après tout ce temps, vous les humains vous souvenez encore de l'histoire de Troie ?

— Bien sûr ! Je l'aurais bien dit à ton Héra, mais elle ne voulait rien entendre, lui dis-je.

— Donc, le truc du cheval ne fonctionnera pas une seconde fois ?

— Même le maire Makepeace n'est pas *si* stupide, lui dis-je.

Le maire prit la parole, et ce qu'il dit ne m'étonna pas.

— Ramassons un peu d'herbe séchée et faisons un tas sous le cheval. S'il est en bois, il brûlera.

Nous entendîmes un bruissement d'herbes quand le shérif et ses aides ramassèrent ce qu'il fallait pour le feu, puis un crépitement lorsque ce dernier fut allumé.

— Devrions-nous aller à la recherche de ce ballon sur la plaine ? Question de voir si ce voleur de menteur de tricheur de docteur Dee est dans les environs ? demanda le maire.

— Non, les Sauvages auront sûrement mis la main sur lui maintenant. Il aura été scalpé et probablement dévoré, dit le shérif.

—Voilà un homme chanceux.

— Chanceux?

— Ouais. Chanceux. Parce que se faire scalper et dévorer n'est *rien* en comparaison avec ce que les habitants de la cité d'Éden auraient fait s'ils avaient pu lui mettre la main au collet.

— C'est bien vrai, dit le shérif en rigolant. À présent, je vais vous demander de reculer, Monsieur le Maire. Le cheval de bois est bien allumé. Laissons les Sauvages à l'intérieur rôtir un peu. Nous ferions mieux de retourner dans la cité pour regarder la scène, confortablement installés sur le mur.

Nous pouvions entendre le ronflement du feu depuis notre cachette dans les hautes herbes.

Nous levâmes les yeux et vîmes les flammes envelopper le corps du cheval. Nous entendîmes ensuite un affreux cri perçant.

— Ça ne devait pas se passer comme ça! cria Héra. Je brûle!

La chaleur et la fumée atteignirent notre cachette. Nous soulevâmes nos têtes tout juste assez pour voir le groupe d'habitants de la cité d'Éden retourner derrière leurs murs en riant. Les portes claquèrent sitôt qu'ils furent à l'intérieur.

Le cheval brûlait avec intensité. Ses pattes se consumèrent, ce qui fit s'effondrer son tronc. Ce dernier se brisa en plusieurs morceaux qui produisirent une pluie d'étincelles.

Héra se tenait dans les braises ardentes. Sa brillante armure était couverte de suie, ses cheveux étaient réduits à l'état de poussière noire sous son casque, et son bouclier était une ruine tordue et fumante.

— Zeus! cria-t-elle vers le ciel. Je veux rentrer à la maison! Emmène-moi tout de suite bien loin de ces affreux humains ! Si cette tribu de simples d'esprit veut récupérer sa princesse, Méthée peut s'en charger lui-même !

J'entendis les guetteurs sur les murs de la cité d'Éden murmurer d'étonnement quand Héra s'éleva vers le nuage et que ce dernier fonça vers les montagnes avant de disparaître.

Le vent qui soufflait sur la plaine transforma les cendres en un nuage tourbillonnant et les herbes se mirent à s'agiter avec force. Méthée agrippa mon bras et le tint fermement. Il pointa la cité du doigt, puis posa ce doigt sur ses lèvres. Ses oreilles divines pouvaient percevoir quelque chose. Je pus moi-même entendre le bruit de leurs pas tandis qu'ils se rapprochaient de nous. Ils s'arrêtèrent et une voix grinçante se fit entendre. Une voix si cruelle que je ressentis un long frisson de la racine de mes cheveux jusqu'à la pointe de mes orteils.

— Comme ça, Achille, il paraît que notre ami Méthée a un plan pour entrer dans la cité et sauver cette princesse, n'est-ce pas ?

— Oui, Vengeur, c'est bien ce que je crois, répondit un jeune homme.

— Alors, nous l'attendrons, ricana la voix maléfique.

— Nous ne savons pas *comment* il tentera d'entrer dans la cité d'Éden, Vengeur. Elle est mieux gardée que Troie. Vous, les Grecs, avez eu besoin de 10 années pour y entrer, dit un autre jeune homme.

— Mais nous vous avons tout de même eus à la fin, Pâris, dit le premier jeune homme.

— Seulement grâce à ce stupide truc du cheval…

— Arrêtez de vous disputer, siffla le Vengeur. Les Grecs ne disposaient pas de ce genre de ballon que Méthée peut utiliser. Regardez. Maintenant que les tentes ne sont plus là, on peut le voir là-bas sur la plaine.

— Et alors ? demanda Achille.

— Quand viendra la nuit, Méthée fera voler ce ballon au-dessus des murs de la cité et il sauvera la princesse, dit le Vengeur.

— Comment le savez-vous ? demanda Pâris.

— Parce que c'est ce que je ferais si j'étais Méthée. Il ne sait toutefois pas que je l'attendrai et que je le détruirai pour toujours !

— Non, ça ne peut fonctionner comme ça, objecta Pâris. Les Grecs ont réussi leur coup parce qu'ils avaient dissimulé leur commando à l'intérieur du cheval. Méthée ne peut pas se cacher à l'intérieur du ballon. Les gardes de la cité d'Éden tireront sur lui avec leurs armes à feu dès qu'ils verront le ballon.

Le Vengeur sembla taper du pied.

— Alors, Méthée a besoin d'un peu d'aide. Il a besoin de quelque chose pour détourner l'attention des gardes des murs. Quelque chose pour leur faire baisser la tête lorsqu'il passera en ballon.

— Quelque chose comme Hécatonchire ? demanda Pâris.

— Exactement, siffla le Vengeur. Nous n'avons qu'à envoyer notre ami Hec aider Méthée. Mais nous savons qu'il aidera Méthée à atterrir entre mes serres !

— Ça me semble être un bon plan, acquiesça Achille.

— Alors, va retrouver Hec et fais-le sortir de la cale du bateau. Qu'il vole ensuite au-dessus des plaines et qu'il se poste à côté du ballon. Dis-lui d'aider Méthée.

— Pensez-vous que Méthée acceptera l'aide d'Hec ? N'y a-t-il pas un risque ? demanda Pâris.

— Je connais Méthée et je connais ses faiblesses – il prendra des risques… Il est assez stupide pour tomber dans le piège. Personne n'échappe au Vengeur aussi longtemps. Prométhée doit être détruit, et ce soir est son dernier soir sur la Terre ! À tout jamais !

SEIZE

CITÉ D'ÉDEN – 1795, EN SOIRÉE

Il est parfois difficile d'être écrivaine. Tant de choses se sont pro-
duites dans la cité d'Éden et dans les environs qu'il n'est pas
facile de se souvenir dans quel ordre elles sont arrivées. Essayez
de me suivre…

Une fois le cheval de bois de la cité d'Éden parti en fumée,
les guerriers Sauvages revinrent des collines pour y réinstaller
leurs tentes sur les plaines.

Méthée et moi étions assis près du ballon, un air lugubre
sur nos visages, tandis que Papa travaillait à le rapiécer.

— Si le Vengeur m'attend, je n'atteindrai jamais le Temple
du Héros à l'intérieur de la cité. Je ne découvrirai jamais qui
était ce héros humain et n'obtiendrai jamais ma liberté.

— Et Papa et moi ne serons jamais capables de retourner
dans la cité d'East River et ne pourrons jamais dépenser le
butin qu'il a volé à la cité d'Éden, dis-je.

— Et Ours qui court ne parviendra jamais à libérer sa sœur[33].

Ours qui court convoqua un conseil de guerre tandis que le soleil se couchait par-delà les montagnes en une grande boule orangée.

On aurait dit que nous étions incapables de parler d'autres choses que de ce que nous ne POUVIONS PAS faire.

… nous *ne* pouvons *pas* escalader les murs parce que les gardes ont des armes à feu et qu'ils nous tueraient tous…

… nous *ne* pouvons *pas* voler au-dessus des murs en ballon, les gardes nous abattraient même si le vent changeait de direction…

… nous *ne* pouvons *pas* projeter Méthée par-dessus le mur avec le canon, il serait tué et ressusciterait, mais le Vengeur le trouverait et le détruirait avant que Rose des Prairies soit sauvée…

… nous *ne* pouvons *pas* marcher jusqu'aux portes et demander qu'ils nous laissent entrer parce que les habitants de la cité d'Éden en veulent à Papa et souhaitent récupérer leur argent…

… nous *ne* pouvons *pas* du tout envoyer Méthée, Papa ou Ours qui court dans la cité…

… nous *ne* pouvons *pas* m'envoyer dans la cité, puisque même si je parvenais à sauver la princesse des Sauvages, les habitants de la cité d'Éden ne me laisseraient pas ressortir avec elle.

Méthée prit la parole.

33   Tout le monde aime bien se plaindre de temps en temps mais, ce soir-là, nous nous sommes plaints un si grand nombre de fois que le nombre total de nos plaintes aurait surpassé le nombre de piquants d'un porc-épic. Si les plaintes étaient des os, nous aurions rempli un cimetière. Nous étions déprimés, décomposés et désespérés. La prochaine fois que VOUS voudrez vous plaindre, souvenez-vous à quel point NOUS étions misérables. Vous ne pourrez jamais être aussi désespéré que nous l'étions.

— Hécatonchire sera bientôt ici, mais n'ayez aucune crainte. Il ressemble à un monstre, mais il n'a qu'un seul cerveau partagé entre 50 têtes et n'est donc pas très intelligent.

Il nous dit ensuite à quoi Hec ressemblait et de quelle façon il s'était rendu utile à Troie en faisant fuir les gardes postés sur les murs.

C'est alors que j'eus mon idée. Une idée qui POURRAIT fonctionner.

Hécatonchire se posa avec fracas au centre du cercle formé par les tentes. Je ne sais pas si les guerriers eurent la frousse, mais ils n'en laissèrent rien paraître. Méthée m'avait dit à quoi m'attendre, mais la vue de ce monstre produisait toujours une impression étrange.

— Salut les gars! dit la tête numéro 10.

— Salut Hec, dit Méthée en s'avançant vers lui. Ça me fait plaisir de te voir!

—Vraiment? dit la tête numéro 35.

— C'est étrange, ajouta la tête numéro 7. Nous avons passé toute notre vie dans les Enfers. Les humains envoyés là-bas hurlaient en nous voyant!

La tête numéro 37 acquiesça.

— C'est bien vrai. Personne n'a *jamais* dit que ça leur faisait plaisir de me voir!

— Eh bien, ça nous fait plaisir, n'est-ce pas? dit Méthée en faisant un geste de la main qui servait à nous inclure tous autant que nous étions.

— Oui! avons-nous répondu en chœur.

— Mais pourquoi? demanda la tête numéro 35 de Hec.

— Parce que tu es une figure mythologique. Nous avons entendu parler de ce que tu as fait à Troie − tu as lancé des pierres sur le mur jusqu'à ce que les gardes s'enfuient, dit Méthée. Nous nous disions justement qu'un Hécatonchire serait bien utile si nous voulions attaquer la cité d'Éden, n'est-ce pas ?

Nous hochâmes la tête de nouveau tous ensemble pour signifier notre accord.

— C'est étrange, dit la tête numéro 25, parce que nous sommes venus ici ce soir pour faire exactement la même chose !

— Nous le savons… dis-je, jusqu'à ce que Papa m'interrompe en appuyant vivement sa main sur ma grande bouche tout en sifflant à voix basse.

— Non, nous nous sommes pas *censés* le savoir !

— Mm mmmm mmmmmmmm ! dis-je à travers ses doigts (ce qui, comme vous le savez, voulait dire « Je suis désolée ! »).

— La lune se lève à minuit, dit Méthée. C'est à ce moment que nous passerons à l'action.

Il me regarda.

— Je n'aime pas ce plan, mais je ne sais pas quoi faire d'autre.

Papa ajouta son grain de sel.

— Si *tu* es inquiet à propos du plan, peux-tu imaginer un instant comment je me sens, *moi* ?

Le shérif Spade était assis à l'Auberge Tempête et tirait nerveusement sur ses moustaches[34]. Le maire lui tapota le bras, remplit son verre de bière et se pencha vers lui.

— Ne t'inquiète pas, dit-il. Si un cheval de bois est la meilleure chose à laquelle ils peuvent penser, alors nous n'avons rien à craindre des Sauvages.

— Les habitants de la cité d'Éden commencent à avoir sérieusement faim, dit le shérif. Encore une autre semaine et

---

34   Non, je n'étais pas moi-même dans l'auberge, mais le tenancier du bar y était. Plus tard, à mon retour dans la cité d'Éden, je l'ai entendu raconter son histoire et j'ai assemblé les pièces du casse-tête. C'est presque arrivé comme je vous le raconte – et c'est *presque* aussi intéressant que peuvent l'être certaines histoires.

ils se fâcheront. Ils se retourneront contre nous. Ils nous obligeront à libérer la princesse des Sauvages pour que ce siège prenne fin.

Les petits yeux du maire brillèrent à la lueur d'une bougie.

— Si c'est le cas, alors nous devrons obliger les Sauvages à quitter les lieux.

— Nous n'avons pas assez de balles ni de poudre, gémit le shérif Spade. Nous aurions pu quitter la cité et les tuer tous si ce docteur Dee avait tenu sa promesse et nous avait rapporté de la poudre fraîche et des armes à feu.

— Nous nous occuperons de lui en temps et lieu. Nous n'avons peut-être pas assez de poudre pour les attaquer, mais nous en avons assez pour nous défendre.

— Mais si nous n'attaquons pas, nous resterons simplement ici jusqu'à ce que nous soyons tous affamés, et les habitants de la cité d'Éden se rebelleront, maire Makepeace. Nous avons perdu à cause de ce forain et de son ballon.

— Nous n'avons pas besoin de balles tant que nous détenons la princesse. J'ai un deuxième plan. Nous n'avons qu'à la mettre dans un berceau et à suspendre ce dernier sur un mur extérieur de la cité d'Éden. Ce petit morveux d'Ours qui court entendra sa petite sœur crier quand elle aura faim elle aussi.

— Il ne cédera pas.

— Alors, il l'entendra arrêter de pleurer après un moment. C'est le pire son de tous. Ce silence sera comme du poison à ses oreilles. Il pensera qu'elle est en train de mourir. Il cédera. Et ensuite…

— Et ensuite, nous prendrons le contrôle des plaines d'ici aux montagnes, dit le shérif en avalant une gorgée de bière et en se léchant les babines.

— Toi et moi, Spade, nous les posséderons, souffla le maire. Des milliers d'acres de terre riche. Et nous les vendrons aux colons et aux fermiers à raison de cinq dollars par acre. Nous serons plus riches encore que dans nos rêves les plus fous, Spade. Plus riches encore! L'avidité du maire s'empara de sa gorge et rendit sa voix rauque.

— Ce bébé fera de nous des hommes riches! Riches, riches, riches, RICHES!

Le shérif approcha son verre de bière de sa bouche et s'arrêta subitement à mi-chemin.

— Ne devrions-nous pas faire monter la garde auprès de cette enfant puisqu'elle est si précieuse pour nous?

— Waters s'en occupera. Tu verras. Tout ira bien.

Achille était assis sur le plancher du Temple du Héros et aiguisait la lame de sa lance. Pâris était assis à côté de lui et préparait les fers de ses flèches.

— Pourquoi sommes-nous ici? demanda Pâris.

— Parce que le Vengeur nous a dit que c'était un bon endroit où attendre, répondit Achille pour la cinquième fois. Le Vengeur est posté dans le ciel à attendre l'arrivée du ballon. Dès que le ballon se mettra à descendre vers le sol, il nous lancera un appel et nous combattrons les amis de Méthée pendant qu'il s'occupera de ce dernier.

— Mais pourquoi sommes-nous ici? demanda Pâris.

— Je viens de te le dire! explosa Achille, et sa voix fit trembler les toiles d'araignée sur les murs.

— Je sais. Je sais que tu viens de me le dire. Mais pourquoi est-ce que c'est un bon endroit où attendre? Pourquoi sommes-nous dans un temple et qui est le héros? continua Pâris.

Achille se leva et s'étira.

— Il semble que cet endroit n'est pas fréquenté. Et le héros? Sa statue est là-bas à côté de l'autel.

— Elle est recouverte. Je ne peux pas voir son visage, se plaignit Pâris.

— C'est pour éviter que la poussière s'y accumule.

— Pouvons-nous regarder? demanda Pâris.

— Regarder quoi?

— La statue. Voir à quoi ce héros de la cité d'Éden ressemble?

— Il me ressemblera probablement, dit Achille en s'avançant sur le plancher poussiéreux vers l'autel.

L'autel était éclairé par une bougie. La seule lumière dans ce temple froid et sombre. Achille souleva un coin du tissu et regarda en dessous.

— Eh bien! Est-ce que tu arrives à y croire?

— C'est étrange, dit Pâris en fronçant les sourcils.

— Très étrange, acquiesça Achille avant de recouvrir la statue.

Le Vengeur se maintenait dans les airs à l'aide de ses énormes ailes, très haut au-dessus des plaines. Il avait la certitude que Prométhée, le voleur de feu, était là-bas, quelque part, mais il ne serait qu'un homme parmi tant d'autres au sein de ces Sauvages. Il était préférable de s'en tenir au plan et d'attendre que le dieu fasse son entrée dans la cité pour tenter de sauver le bébé.

Le Vengeur savait qu'ils utiliseraient le ballon. Ils allumeraient un feu dans le foyer et s'élèveraient dans les airs. Le voleur de feu serait soulevé par la puissance du feu qu'il avait lui-même donné aux humains. C'était le feu qui ferait entrer Prométhée dans la cité, et c'était ce même feu qui conduirait Prométhée à sa propre destruction. Le Vengeur aimait cette idée.

— Ce sera bien fait pour lui, croassa-t-il en planant dans le ciel.

Le ballon demeurait toutefois à l'endroit où il avait atterri. Le foyer était froid et inactif. Il était près de minuit maintenant et personne ne se déplaça pour toucher au sac vide du ballon.

Les herbes des plaines ondulaient sous le mince clair de lune et les yeux de lynx du Vengeur virent des gens se déplacer vers la cité : un garçon de la tribu des Sauvages, une fille et un homme de grande taille portant un haut-de-forme.

S'ils projetaient un sauvetage, Méthée n'était pas avec eux. Le Vengeur exécuta une descente en piqué, et put voir que le garçon transportait une mince corde et que la fille tenait un sac en cuir, tandis que l'homme traînait un tube de bois sur roues derrière lui.

Un peu plus loin derrière, le Vengeur vit Hécatonchire qui marchait d'un pas pesant au sein d'un groupe de Sauvages. Il se demanda ce qu'ils faisaient là et ne cessa de les observer. Puis il comprit. Cette petite armée attaquerait le mur et repousserait les gardes, mais Prométhée n'escaladerait pas le mur à cet endroit.

— Bien sûr qu'il ne le fera pas ! siffla le Vengeur. La cité entière se précipitera pour défendre le mur ouest. Prométhée escaladera le mur à un autre endroit. Peut-être qu'il arriverait même du côté est – la rivière !

C'était un plan intelligent, pensa le Vengeur. Ça pouvait fonctionner. Les Sauvages avaient beaucoup de canots sur la rivière. Les gardes se hâteraient vers le mur ouest pendant que Prométhée se glisserait tranquillement par le côté du quai, s'emparerait du bébé et s'enfuirait de la cité.

— Je suis un imbécile ! hurla le grand oiseau. Ce sera facile de s'approcher du bébé, mais ce sera bien plus difficile de franchir les murs avec le bébé dans les bras. Je comprends tout maintenant ! Et s'il me glisse entre les serres, ces idiots d'Achille et de Pâris l'attendront au Temple du Héros pour se saisir de lui. Prométhée sera à moi avant le lever du soleil.

Le Vengeur ricana en produisant un bruit qui ressemblait à celui que ferait un coq étranglé[35]. Il fit battre ses ailes brunes et dorées et prit de l'altitude avant de replier ses ailes à moitié

35   Je le sais de source sûre, car j'étais sur la plaine sous le Vengeur quand ce dernier caqueta. J'imagine que ce misérable monstre ne riait pas tellement souvent et que c'est pour cette raison que son rire semblait si forcé.

et de foncer vers le bord du quai. Il se posa près de l'Auberge Tempête et traversa la rue en courant pour se cacher dans la sombre allée à côté de l'auberge.

Un petit personnage avec un mouchoir sale sortit de l'ombre et passa un bras autour du cou du Vengeur, tenant dans sa main un couteau à la lame brisée.

— La bourse ou la vie ! grogna le petit voleur.

— Oh, c'est encore vous, monsieur Waters. Laissez-moi, d'accord ? Je suis occupé.

— Oh là là ! Je suis désolé, monsieur. Je ne vous avais pas reconnu, dit le vieil homme. Je crois que je vais aller voler quelqu'un d'autre.

— Oui, faites donc cela.

— Bonne nuit !

— Oh, je vais avoir une très bonne nuit !

Mais le Vengeur avait tort. Il avait doublement tort.

Il avait tort de croire que Méthée s'approcherait de la cité depuis la rivière.

Et il avait tort de croire qu'il aurait une bonne nuit...

DIX-SEPT

CITÉ D'ÉDEN – 1795, MINUIT

*Comment procéderiez-vous ? Pour franchir le mur d'une cité enne-
mie, sauver un bébé ET quitter la cité ? Vous l'ignorez, n'est-ce pas ?
Eh bien, moi aussi. Je vais bien sûr vous dire comment j'avais plani-
fié de faire ces choses, mais il faut que vous sachiez que Papa, Ours
qui court et Prométhée avaient été si éblouis par mon plan qu'ils
n'avaient pas remarqué LA chose qui clochait. Il n'y avait pas moyen
pour MOI de m'échapper à la fin. Aucun plan n'est parfait – pas
même le mien. Mais je ne le savais pas à ce moment-là...*

Hécatonchire marchait d'un pas lourd et s'arrêta à environ 100
pas des murs de bois de la cité d'Éden. Il commença à ramasser
des pierres sur les plaines venteuses de la cité d'Éden. J'espérais
surprendre les gardes, mais il n'y avait aucune chance que cela
se produise avec Hec. Il *devait* se parler à lui-même...

— Gauche... deux-trois-quatre-cinq... et droite... deux-
trois-quatre-cinq ! chantèrent les têtes. Et gauche... deux-trois-
quatre-cinq... et droite... deux-trois-quatre-oops ! Voyons, il
fait un peu sombre par ici !

Une minute plus tard, Hec avait une centaine de pierres dans sa centaine de mains.

— Et voilà! Prêt quand vous l'êtes!

Les gardes échangeaient des paroles à la hâte sur les murs de la cité d'Éden en regardant fixement le monstre aux 50 têtes au clair de lune. Ils ne parvenaient pas à en croire leurs yeux et mirent du temps avant de le viser avec leurs mousquets.

Trop de temps.

Tout à coup, une centaine de bras projetèrent une centaine de pierres. Certaines aboutirent sur les murs de bois, d'autres franchirent les murs et tombèrent dans les rues, et d'autres encore rebondirent sur la tête des gardes les plus lents à réagir.

Un silence s'ensuivit. Les gardes reculèrent derrière le parapet et entendirent des voix au loin…

— Gauche… deux-trois-quatre-cinq… et droite… deux-trois-quatre-cinq!

Le garde Hank Plank murmura à l'intention de son collègue:

— Je dois aller à la maison. Je viens de me souvenir de quelque chose… il faut que je fasse sortir le chat.

— Il est en feu? demanda son ami Joe Scrimger.

Hank se hâta vers l'échelle et se mit à descendre deux barreaux à la fois.

— Je pense que tu es effrayé, se moqua Joe. Moi, il faudrait plus qu'une centaine de pierres pour me faire peur.

— Et voilà! Prêt quand vous l'êtes, dit une voix joyeuse depuis les plaines.

Il y eut un grondement tonitruant lorsque les pierres se mirent à pleuvoir de nouveau sur eux.

— Oh! Il faudrait plus qu'une centaine de pierres, mais 200 cents pierres, c'est 99 de trop. Personne ne remarquera mon absence si je vais à la maison pour faire sortir ma femme! gémit Joe Scrimger en se dirigeant vers l'échelle.

Il n'était pas facile de descendre dans cette échelle. Pas facile quand vingt autres gardes essayaient tous d'y descendre en même temps.

— Nous ne sommes pas payés pour ça, grommela une voix dans l'obscurité. Fais attention, tu marches sur mes doigts !

— Tu as raison… c'est à quelqu'un d'autre de faire le travail de garde, acquiesça une autre voix.

Le sommet des murs était désert au moment où la troisième pluie de pierres s'abattit sur la cité. Les vaillants gardes de la cité d'Éden s'étaient repliés en vitesse dans les rues sinueuses de leur cité et étaient maintenant cachés sous leurs couvertures. Cinquante chats avaient été sortis des maisons… et aucun d'eux n'était en feu.

Seul un vieil homme errait dans les ombres les plus sombres des allées les plus obscures avec un mouchoir sale autour du visage, cherchant quelqu'un à détrousser.

Nous pûmes percevoir le silence qui s'était installé dans la cité depuis l'extérieur des murs. Cinquante chats somnolents répondirent par un miaulement au doux murmure du vent dans les herbes des champs.

— Il est temps d'y aller, dis-je.

Méthée sembla mécontent.

— C'est un travail pour moi, dit-il pour la vingtième fois.

Et je lui répondis pour la vingtième fois :

— Non. Tu as fait ta part. Tu as découvert où ils détenaient la princesse.

— Je pourrais avoir tort, argumenta-t-il.

— C'est un risque que je dois prendre, dis-je en fermant les yeux pour tenter de me remémorer la carte qu'il m'avait dessinée.

Ours qui court attacha la mince corde au fer d'une flèche et la tira vers le mur. La flèche frappa le parapet et s'enfonça profondément dans le bois… enfin, j'espérais qu'elle se fût enfoncée profondément.

Il saisit l'extrémité libre de la corde et l'attacha autour de la chose la plus lourde qu'il put… une des deux jambes de Hécatonchire.

— Recule un peu, Hec, ordonna Papa.

Le monstre obéit. La corde se tendit. Papa la vérifia.

— Parfait, dit-il. Du moment que la créature ne se déplace pas.

— Je ne suis pas une créature, se plaignit Hec. Je suis une personne tout comme vous.

— Sauf que tu as 50 têtes, dit Papa.

— Ouais, et 50 fois plus de peine d'être traité de la sorte.

— Je suis désolée, Hec, vraiment désolée, dis-je en vitesse. Je te suis tel-l-l-l-lement reconnaissante. J'aimerais bien qu'il y ait une façon pour moi de te remercier.

— Ha! Ha! fit le monstre en riant sottement. Tu pourrais me donner un baiser avant de partir.

— Oh, d'accord! répondis-je.

Hec me souleva de ses mains inférieures et me fit grimper sur son corps, d'une main à l'autre, jusqu'à ce que j'atteigne ses épaules. Puis je l'embrassai… 50 fois.

— Ça alors! On ne m'avait jamais embrassé auparavant, soupira-t-il.

— Pouvons-nous procéder au sauvetage à présent? dit Papa avec de l'impatience dans la voix.

— Nous sommes prêts, dit Ours qui court.

Je sautai donc sur la corde et m'avançai en grimpant continuellement. Le vent des plaines me secouait, mais je savais que je ne tomberais pas. C'était trop important de réussir. Même les chats se turent au moment où je rejoignis le sommet du mur et grimpai sur le parapet. C'est avec joie que je constatai que les gardes avaient tous quitté leurs postes.

Je tirai sur la corde. Je la sentis devenir lâche tandis que Hec faisait quelques pas vers l'avant. Papa détacha la corde de sa jambe et la fixa au canon. Je hissai lentement le canon vers le haut du mur. Il était en bois, mais je dus me servir de toute ma force. La sueur ruisselait sur mon visage et rendait mes paumes glissantes. Je ne voulais pas qu'il se retourne et que son contenu chute au sol.

Ce fut difficile pour moi de le soulever par-dessus le mur. J'étais en nage. J'y parvins tout de même et le fis redescendre en douceur vers la rue. J'avais atteint le point de non-retour. Je devais maintenant suivre le plan.

Je descendis avec précaution les barreaux de l'échelle. Il n'y avait pas d'urgence. J'avais toute la nuit devant moi.

Je tendis la main à l'intérieur du tube du canon et en retirai deux paquets. Je déroulai le premier paquet mou – un paquet de vêtements, un chapeau, des bottines, une perruque et ma moustache de Grégoire le Grand.

Je m'habillai soigneusement. Je ne suis peut-être pas capable de changer de forme comme Zeus, mais je suis très habile pour me déguiser.

Le deuxième paquet était un sac en cuir. Je le glissai dans la poche de ma veste.

Je rassemblai enfin des pierres dans la rue – des pierres qui avaient été projetées par Hec – et je les plaçai sous le tube du canon afin que ce dernier pointe vers le ciel. Je le préparai afin qu'il puisse tirer sur simple pression d'une détente.

Je fermai les yeux et tentai d'imaginer la carte de Méthée dans ma tête. Je savais qu'il faisait trop noir pour la lire dans les rues sombres de la cité d'Éden et n'osais pas craquer une allumette.

Ce fut un lent périple et je ne cessais de buter sur des obstacles. Pour une raison ou une autre, il y avait beaucoup de chats dans les rues, qui miaulaient aux portes avec leurs yeux verts luisants et menaçants.

Un vieil homme émergea d'une sombre allée et agita un couteau brisé devant mes yeux.

— La bourse ou la vie ? dit-il d'une voix rauque. Je suis le Fantôme de la nuit !

Le plan de sauvetage consistait à ce que je m'habille et que j'agisse comme le shérif Spade. Je dus donc le mettre à l'épreuve un peu plus tôt que je l'avais prévu.

— Laissez tomber ce couteau ou je vous arrête au nom de la loi ! dis-je en imitant la voix grinçante du shérif.

— C'est vous, shérif ?

— C'est moi.

— Oh, ce n'est vraiment pas ma nuit !

La faible lumière des étoiles atteignait la rue et mes yeux étaient maintenant habitués à l'obscurité.

— Dites pour voir… ne vous ai-je pas payé un verre à l'Auberge Tempête hier soir ? demandai-je avec de la colère dans voix.

J'avais eu pitié de ce vieil homme et voilà qu'il tentait de me voler.

— Non, shérif, *je* vous ai payé un verre !

— Oh, oui… oh… ah, vous l'avez fait, vieil homme ! N'y avait-il pas une fille au bar, une fille qui vous a payé un verre ? Cette douce et jolie fille qui faisait partie du Carnaval des dangers du docteur Dee ?

— Je ne dirais pas qu'elle est jolie, mais oui, elle m'a vraiment payé un verre, admit le vieil homme.

—Vous devriez donc avoir honte ! lui dis-je.

— Pourquoi ?

— Parce que quelqu'un a fait preuve de bonté à votre égard et que c'est ainsi que vous exprimez votre reconnaissance, dis-je avec rage.

— Mais elle n'était qu'une bonne poire, dit-il. Je prends toujours l'argent des bonnes poires, tout comme vous, shérif Spade.

— Oh, oui… oh… ah, enfin, il est temps que vous changiez votre façon de faire.

— Et vous, allez-vous changer la vôtre, shérif? me demanda-t-il. Je ne vole que quelques sous aux gens, mais vous planifiez de priver les Sauvages de dizaines de milliers de dollars en volant leurs terres.

— C'est différent, lui dis-je. Conduisez-moi maintenant à la crèche de Mme Waters. Si quelqu'un peut me guider à travers ces rues sombres et sinueuses, c'est bien un vieux voleur comme vous.

— D'accord… je m'y rendais justement.

— Ah oui? Pour quelle raison?

— Parce que c'est là que j'habite – vous le savez bien, shérif. Je suis Josh Waters et c'est ma femme qui s'occupe de la crèche!

— Je le savais, dis-je fort rapidement. Je faisais seulement une vérification pour savoir si vous étiez bien la personne que vous prétendez être.

— Dites, ça va, shérif?

— Parfaitement. Guidez-moi maintenant vers cette crèche, dis-je en saisissant sa ceinture graisseuse dans le bas de son dos afin de ne pas perdre sa trace dans l'obscurité.

Nous progressâmes dans la boue et évitâmes de marcher sur des chats jusqu'à ce que nous arrivions face à une fenêtre poussiéreuse. Nous jetâmes ensuite un coup d'œil à l'intérieur, apercevant une pièce éclairée par une seule bougie de gras de mouton.

—Voici maintenant le plan, dis-je à Josh Waters… même si je venais tout juste d'élaborer ce nouveau plan. Nous allons rendre le bébé sauvage à son peuple. Ces derniers lèveront le siège et nous prendrons possession de leurs terres. Vous allez m'aider.

— Pourquoi devrais-je vous aider, shérif? demanda-t-il.

Je tendis la main à l'intérieur de ma veste et en retirai quelques billets appartenant à Papa.

— Parce que je vais vous donner 50 dollars, dis-je.

— 100 dollars, dit-il.

J'y pensai quelques instants. Le seul bébé qui était bien alimenté était la princesse Rose des Prairies. Les autres n'étaient que de pauvres enfants que leurs parents ne voulaient pas. Ils étaient faibles et maigrelets.

Je modifiai mon plan une fois de plus.

— Je vais vous donner 100 dollars… si vous m'aidez à remettre TOUS les bébés aux Sauvages… Ils s'occuperont mieux d'eux que votre femme.

Le vieil homme ricana et son souffle me parut plus aigre encore que le caniveau de la cité d'Éden dans lequel nous avions les pieds.

— Hé! Hé! Pour 100 dollars, je vous laisserai aussi ma femme!

— Je peux voir six bébés à l'intérieur. Nous pouvons en porter trois chacun… Vous entrez dans la crèche et allez les chercher.

— Pourquoi moi?

— Parce que je vous paye 100 dollars et parce que si votre femme se réveille et vous attrape, vous pourrez vous en sortir en inventant une histoire[36].

Le vieil homme déverrouilla la porte et réapparut quelques instants plus tard avec trois bébés endormis dans les bras.

36   Mon plan initial prévoyait seulement de forcer la porte. Si Mme Waters me prenait sur le fait, j'allais me servir de l'argent pour acheter la liberté de la princesse. Le vieux Josh m'épargna bien des tracas – même si cela me coûta la moitié de l'argent que Papa avait volé aux habitants de la cité d'Éden. De toute façon, ce n'était même pas notre argent.

— Il y en a pour 50 dollars, dit-il.

Je le payai. Il retourna dans la crèche et revint avec Rose des Prairies et deux autres bébés. Je savais que c'était la princesse, car elle était potelée et mieux alimentée que les autres enfants, qui eux étaient aussi maigres que des clous. Elle dormait paisiblement.

— Et voilà encore 50 dollars de marchandise, dit-il.

Je le payai de nouveau.

Les bébés étaient trop faibles pour pleurer. Personne ne nous entendit donc nous hâter vers les murs.

— Hé! J'utiliserai ces 100 dollars pour m'acheter un nouveau couteau, dit le vieil homme en riant sous cape. Un individu avec un manteau de plumes a brisé mon vieux couteau, m'expliqua-t-il.

— Un manteau de plumes?

— Ouais! Et une bouche semblable à un bec.

— Le Vengeur, dis-je en étant parcourue de frissons.

Je me souvins alors que Méthée m'avait parlé de lui.

— Où est-il à présent?

— Je l'ai laissé sur la table de la cuisine.

— Le Vengeur est sur votre table de cuisine?

— Non, pas lui! Mon couteau brisé!

— Je voulais savoir où était l'individu avec le manteau de plumes.

— Il se cache dans une allée à côté de l'Auberge Tempête, dit-il.

Cette seule nouvelle valait à elle seule les 100 dollars que je lui avais donnés.

— Où allons-nous? demanda le vieil homme.

— Attendez et vous verrez, lui dis-je en arrivant à l'endroit où j'avais caché le canon.

Je retirai mon manteau noir et y installai mes trois bébés avant de grimper les barreaux de l'échelle en vitesse jusqu'au sommet du mur. Je regardai vers les plaines venteuses et vit le grand Hec assis sur le sol, occupé à arracher des tiges d'herbe pour ensuite les mâcher dans chacune de ses bouches.

— Hec! sifflai-je. Il y en aura *six*!

— Ce n'est pas un problème pour moi, Nell... je peux en recevoir une centaine!

— N'en laisse pas tomber un seul, l'avertis-je avant de redescendre l'échelle.

Je pris Rose des Prairies des mains du vieux Josh et la glissai dans le tube du canon. Je vérifiai le tout bien soigneusement avant de viser et de tirer. Le paquet enveloppé dans la sale couverture grise s'éleva dans l'air morbide de la cité d'Éden avant passer par-dessus le mur et de retomber dans l'air propre des plaines.

Je fis ensuite la même chose avec les cinq autres enfants endormis.

Une fois le dernier bébé projeté de l'autre côté, je grimpai les barreaux à la hâte et jetai un coup d'œil par-dessus le mur. Hec agita ses 94 bras libres.

— Ils sont en sécurité, cria-t-il avant de se tourner pour se diriger vers le campement des Sauvages.

Je remontai la corde que j'avais utilisée pour descendre le canon au sol et la rejetai de l'autre côté sur les plaines.

— Hé! Qui va tenir la corde?

La corde pendait le long du mur. Il me suffirait de me glisser le long de cette corde plutôt que de marcher sur une corde raide.

Je ne pus toutefois glisser sur la corde, car quelqu'un était occupé à y grimper...

DIX-HUIT

CITÉ D'ÉDEN – L'AUBERGE TEMPÊTE, LE MUR OUEST, LE TEMPLE DU HÉROS (ET BIEN D'AUTRES ENDROITS)

Tant de choses étaient sur le point de se produire qu'il est difficile pour moi de vous les présenter dans le bon ordre afin que vous puissiez bien comprendre. C'est difficile d'être écrivaine. Peut-être que je devrais essayer quelque chose de plus simple, comme d'escalader des montagnes les yeux bandés.

Le Vengeur attendait dans l'allée à côté de l'Auberge Tempête. L'obscurité ne l'empêchait pas de voir que les canots des Sauvages s'éloignaient de la cité. «Ils accosteront quelque part et lanceront une autre attaque contre une autre partie des murs. Un seul canot se glissera sur les lieux pour compléter le sauvetage. Oh, c'est un plan vraiment astucieux! Il n'y aura plus personne pour surveiller le bord de la mer.»

Le Vengeur ne remarqua pas qu'il n'y avait déjà plus personne en train de monter la garde sur le bord de la mer.

Le maire et le shérif Spade prenaient de petites gorgées de leurs bières respectives à l'intérieur de l'Auberge Tempête, tout en discutant de la façon dont ils dépenseraient leurs fortunes.

— Je me construirai une maison dans les contreforts, loin de cette ville puante. Je m'achèterai peut-être un de ces ballons pour voler autour des montagnes ! dit le shérif.

— Les Sauvages seront dans les montagnes, lui rappela le maire.

Le shérif fronça les sourcils.

— Parlant des Sauvages, nous devrions faire monter la garde sur le bord de la mer, dans l'éventualité où ils décideraient d'y accoster pour sauver le bébé.

— Prenons d'abord un autre verre et occupons-nous de cela par la suite, dit le maire.

Le propriétaire était allé se coucher plusieurs heures auparavant et avait laissé un fût de bière à la disposition des deux hommes. Et les gardes étaient aussi utiles à la cité d'Éden qu'un peigne pour un homme chauve.

Je me tenais au sommet du mur ouest de la cité d'Éden et je tremblais de peur. Qui grimpait à cette corde ? Je reculai et était prête à m'enfuir quand la tête d'un homme apparut. Il avait de longs cheveux et un beau visage.

— Méthée ! dis-je en poussant un cri rauque. Tu n'es pas censé être ici ! Le Vengeur est dans la cité. Nous avions convenu que je me chargerais seule du sauvetage.

Il plaça son bras autour de mon épaule et m'étreignit.

— Je sais, et tu t'en es tirée à merveille.

Il ne pouvait me voir rougir dans l'obscurité de la faible lumière des étoiles, mais je pouvais sentir mes joues brûler.

— Alors, pourquoi es-tu ici ?

— Je suis venu jeter un coup d'œil dans le Temple du Héros. Je dois trouver un véritable héros humain pour que Zeus me rende ma liberté. Je dois ensuite retourner à l'Auberge Tempête chercher mes ailes pour retourner à la maison.

— Tu ne peux pas y aller à, lui dis-je en lui relatant ce que le vieux M. Waters m'avait raconté.

— Alors, je suis pris au piège dans la cité d'Éden, dit-il doucement.

— Non, lui dis-je. Va au temple – j'irai chercher tes ailes à l'Auberge Tempête et te les apporterai !

Méthée me regarda de façon curieuse.

— Je pense que j'ai trouvé un héros humain en toi, dit-il tendrement.

Mon visage était maintenant si rouge que je fus étonnée de voir qu'il n'éclairait pas les rues de la cité comme l'aurait fait une lune rouge. Je me retournai pour redescendre les barreaux de l'échelle.

— Non, Méthée, je ne fais que m'amuser. C'est bien plus excitant de faire tout ça que de marcher sur une corde raide, dis-je en riant. Je ne suis pas une héroïne[37].

Il m'étreignit de nouveau.

— Je te reverrai au Temple du Héros au lever du soleil, dit-il.

Il y avait une pâle ligne grise couleur charbon sur l'horizon noir de la rivière. Je songeai que le lever du soleil allait bientôt se manifester.

— Laisse-moi passer en premier, lui dis-je. Il ne faut pas que le vieil homme te voie.

Il hocha la tête et demeura dans l'ombre du mur.

Je retrouvai M. Waters assis sur le canon.

---

37 Vous pouvez me servir tous les arguments que vous voulez. Vous pouvez même dire que je suis un héros – ou une héroïne – si vous y tenez. Je suis beaucoup trop modeste pour l'admettre. J'ai seulement fait ce que n'importe quelle fille courageuse, désintéressée, merveilleuse et magnifique aurait fait.

— Conduisez-moi à l'Auberge Tempête, lui dis-je. Je dois aller y récupérer quelque chose. Et j'aurai ensuite besoin que vous me guidiez vers le Temple du Héros.

— Que je vous *guide*, shérif ? Vous avez vécu dans la cité d'Éden toute votre vie[38]. Pourquoi voudriez-vous que je vous guide ?

— Parce que je vous donnerai 20 dollars, lui dis-je.

— Cinquante.

— Dix dollars, et c'est ma dernière offre, lui dis-je.

— D'accord, ricana-t-il, et je lui remis un billet d'un dollar.

Il ne pouvait faire la différence dans cette obscurité. Il me fut agréable de le traiter comme une bonne poire à son tour.

Il avançait d'un pas boiteux dans les rues et encore une fois je m'accrochais à sa ceinture. Seuls les gardes qui étaient partis en courant ne dormaient pas. Ils attendaient que les Sauvages saccagent tout dans les rues avant de défoncer les portes de leurs maisons et de les scalper dans leurs lits.

Quelques gardes se cachaient sous leurs couvertures, d'autres sous leurs lits et d'autres encore ne faisaient que se croiser les doigts. Au petit matin, lorsqu'ils découvrirent que les Sauvages étaient partis, ils jurèrent que le fait de s'être croisé les doigts leur avait sauvé la vie.

Nous arrivâmes à l'Auberge Tempête au demi-jour. Je ressentis la présence du maléfique être plumé dans l'allée et passai devant lui à pas de loup.

— Attendez-moi ici, monsieur Waters. Je pourrais avoir besoin de vous pour me guider vers le Temple du Héros.

Il ouvrit la bouche pour parler, mais je rajoutai ces paroles avant qu'un mot en sorte :

---

38   Oui, j'avais oublié que je jouais encore le rôle du shérif. J'ai joué tant de rôles avec le Carnaval que j'en oubliais souvent qui je devais être. Je devais regarder mon costume pour m'en souvenir. Je n'oublierai jamais le jour où Mademoiselle Cobweb a plongé dans le bassin enflammé à la place du capitaine Dare.

— Eh oui, je vous paierai.

Je tendis la main vers la poignée de porte et cette dernière tourna dans ma main.

Je fis un bond vers l'arrière comme si je venais de toucher à un serpent vivant, mais ce n'était que le maire, qui avait tourné la poignée de l'intérieur pour sortir de l'auberge. Il me regarda et cligna des yeux. Il regarda ensuite par-dessus son épaule en direction du shérif qui se tenait derrière lui.

— Je crois que j'ai bu trop de bière, murmura le maire en se frottant les yeux. Je vois deux shérifs !

— Il n'y a pas deux shérifs, lui dis-je. Cet homme est un imposteur et un charlatan ! Il est ici pour s'emparer de la princesse des Sauvages. Je vais l'arrêter au nom de la loi !

Le shérif chancela jusqu'à la chaussée, dépassa le maire et s'arrêta devant moi.

— C'est un miroir !

Je dus réagir rapidement, sinon c'était moi qu'on allait arrêter et Méthée serait pris au piège.

— En fait, je ne vous arrête pas... je... euh... vous renvoie chez les Sauvages dans leurs bateaux.

—Vous quoi ?

— Monsieur le Maire ! Monsieur Waters ! Saisissez ce faux shérif et jetez-le à la rivière ! ordonnai-je. Laissez-le nager jusqu'aux canots des Sauvages avec qui il est venu jusqu'ici.

Les deux hommes se hâtèrent de m'obéir. C'est ce que la panique et la peur font faire aux gens. Ils avaient uniquement besoin que quelqu'un leur donne un ordre, et ils étaient heureux d'y obéir.

Le shérif Spade se débattit et protesta. Les hommes glissèrent sur les pavés graisseux vers la rivière. Une fois au bord de l'eau, le shérif trouva encore des forces pour se débattre.

— Je suis trop vieux pour mourir ! cria-t-il, et il s'agrippa au maire au moment où il tombait.

Les deux tombèrent dans l'eau sale et s'accrochèrent aux quelques cordes qui pendaient d'un bateau.

— Elle est froide ! gémit le maire.

Je n'avais pas le temps de les écouter. Je regagnai l'auberge en courant et soulevai la trappe qui se trouvait sur la scène. Les ailes étaient là, comme Méthée me l'avait dit. Elles étaient plus légères qu'une toile d'araignée. Je les pris sous mon bras et courus à l'extérieur. Le ciel était maintenant gris comme une perle et je sentais que 1 000 bougies montraient au Vengeur ce que j'étais en train de faire.

Le Fantôme de la nuit s'était rendu sur le bord du quai pour aider les hommes tombés à l'eau.

— Vite, monsieur Waters ! criai-je au vieil homme qui aidait le maire à remonter sur le bord du quai. Revenez ici !

— Dans une minute, shérif, dit-il, tandis qu'il soulevait le maire avec difficulté, alourdi dans ses vêtements trempés.

Il était en fait encore plus lourd, car le shérif, mouillé lui aussi, s'accrochait aux basques de son habit.

— Nous n'avons pas une minute, gémis-je.

Je pris avec ma main libre tout l'argent que j'avais encore dans ma veste.

— Regardez. Tout cet argent est pour vous si vous faites en sorte que j'arrive au Temple du Héros avant le lever du soleil.

M. Waters esquissa un sourire avec sa bouche édentée. Il laissa tomber le maire et le vit retomber dans l'eau. Il s'avança vers moi en boitant.

— Pourquoi ne me l'avez pas dit plus tôt ?

Je le suivis et le poussai même un peu dans les rues, mais je savais que j'avais commis une erreur – une erreur aussi grossière que celle commise par Papa lorsqu'il avait oublié de vérifier la provenance du vent. Et vous l'avez bien sûr deviné parce que vous êtes si intelligent…

Pâris tourna brusquement la tête à l'intérieur du Temple du Héros.

— Quelqu'un approche! J'entends des bruits de pas dans la cour à l'extérieur, chuchota-t-il à Achille qui se reposait contre l'autel. C'est probablement Méthée.

— Oh! Que faisons-nous? dit Achille dont la voix trembla.

— Nous devons le retenir jusqu'à ce que le Vengeur arrive. C'est ce qu'il nous a dit de faire.

— Nous ne pouvons retenir un dieu! grogna Achille. Tu es un humain et je ne suis qu'un demi-dieu. Il nous détruira. Je sors d'ici.

Pâris bondit sur ses pieds et agrippa la tunique d'Achille.

— Tu ne peux pas t'en aller. Il n'y a qu'une porte et voilà que Méthée passe justement à travers.

— Oh! dit Achille, le soufflé coupé.

Il sauta sur l'autel. Un tissu recouvrait la statue. Il souleva le tissu et se cacha sous ce dernier au moment même où la porte grinça. Puis il entendit Méthée parler.

— Pâris! Que fais-tu ici?

— Euh!… bonjour, Méthée. Je ne fais qu'attendre le Vengeur. Il nous a dit de l'attendre ici.

— Nous?

— Oh… oui!… Achille était avec moi. Il vient de partir pour aller le chercher.

Méthée traversa le plancher poussiéreux du temple et écarta Pâris de son chemin.

— Alors, je devrai faire vite.

Il souleva le tissu qui recouvrait la statue. Gravé sur la base, on pouvait lire les mots: «Le héros – il nous a sauvés.»

Alors, Méthée souleva le tissu un peu plus haut. Le personnage sous le tissu était figé de peur. Méthée souffla:

— Quelle magnifique statue! On dirait presque qu'elle est vivante.

— Oui, dit Pâris en riant nerveusement.

Méthée recula et laissa le tissu retomber en place.

— Mais c'est une statue d'Achille. Après toutes mes recherches, je découvre que c'est Achille le héros de la cité d'Éden.

— Enfin, c'était aussi le héros de Troie, dit Pâris. Pas un aussi bon héros que moi, bien sûr. Je l'ai tué, mais Achille était un genre de héros.

— Attends un peu… Achille est un demi-dieu. Je dois trouver un héros humain pour Zeus. Cela ne me sert à rien, gémit Méthée. Je dois maintenant m'envoler pour sauver ma vie. J'espère qu'Hélène arrivera à temps.

— Hélène de Troie ? demanda Pâris. Le visage qui mobilisa 200 bateaux ?

— Non… une autre Hélène, bien meilleure que celle de Troie, dit Méthée en marchant à grands pas vers la porte.

Il jeta un coup d'œil dans la cour. Une belle jeune fille venait de dépasser un vieil homme à la course[39]. Elle portait ses ailes sous son bras. Vous vous souvenez que je vous ai dit avoir commis une erreur ? Et vous l'avez bien sûr découverte.

Je n'avais pas seulement dit à monsieur Waters où je m'en allais avec les ailes. Le Vengeur avec ses oreilles d'aigle avait aussi pu m'entendre.

Je regardai par-dessus mon épaule une fois arrivée à l'entrée de l'allée qui menait vers le Temple du Héros. Une silhouette à plumes munie d'une bosse dans le dos nous suivait.

Je passai donc devant M. Waters avant de courir à toute allure dans l'allée. Méthée sortait du temple, suivi de Pâris.

— Je suis désolée, Méthée, mais le Vengeur m'a suivie, haletai-je. Dépêche-toi sinon il t'attrapera !

Méthée fixa les ailes à son dos et regarda vers l'allée.

39   Oui, même sous son déguisement de shérif, Méthée pouvait voir qu'elle était belle. Qui était cette brave fille ? Oh, allons, qui pensez-vous ?

— Trop tard, dit une voix.

Le Vengeur dépassa le vieil homme et s'arrêta. Ses yeux luisants étaient aussi profonds qu'un puits sans fond. Si les becs pouvaient sourire, ce bec crochu aurait souri comme un chat s'approchant d'un rat pris au piège.

— Allez! dis-je.

Méthée secoua la tête.

— Il ne fera que me suivre, soupira-t-il. Merci de tes efforts, Hélène d'Éden, dit-il en me prenant par les épaules. Mais j'ai échoué dans ma quête de trouver un héros humain. C'est la fin.

Je sentis une moiteur humide sur mes joues et me rendis compte que je pleurais.

DIX-NEUF

CITÉ D'ÉDEN – LE TEMPLE DU HÉROS

Quoi ? Qu'espériez-vous ? Une fin heureuse ? Je vous raconte ma véritable histoire ici. Dans la vraie vie, les choses ne finissent pas toujours dans la joie. Alors voilà, le gentil Méthée s'était fait prendre et il était condamné ! Pleurez un bon coup avec moi. Et souvenez-vous de ceci : dans la vraie vie, les choses ne finissent pas toujours dans la joie. Pas toujours. Mais parfois, c'est le cas…

Hélène d'Éden n'abandonne jamais sans combattre.

Le Vengeur marcha lentement vers les trois marches qui menaient au temple où se tenait Méthée.

J'arrachai l'épée de Pâris de sa ceinture avant de courir dans la cour et de la remettre au vieil homme.

— Cet individu a une somme de 1 000 dollars cachée sous son aile. Vous n'avez qu'à le voler et son argent sera le vôtre !

— Vous voulez que je commette un vol, shérif ?

J'arrachai ma moustache et retirai mon chapeau.

— Je ne suis pas le shérif.

— Qui ai-je jeté à la rivière, alors ?

— Le vrai shérif, dis-je. Maintenant, faites vite et volez l'argent !

Le vieil homme courut vers le Vengeur et lui sauta sur le dos. Il tint l'épée contre sa gorge, en faisant bien attention cette fois de ne pas la tenir à la hauteur de son bec capable de la broyer.

Le Vengeur ne s'y attendait pas et se renversa sur le dos.

— Envole-toi, Méthée ! Envole-toi ! criai-je.

Le grand dieu bondit dans les airs et décrivit un cercle au-dessus du temple.

— Au revoir, mon Hélène… sache que tu vaux bien *10 000* bateaux !

Il disparut dans les nuages quelques instants plus tard. Achille sortit sur les marches, et regarda le Vengeur et le voleur en train de se battre sur le sol. Pâris le regarda.

— Méthée a cru que *tu* étais le héros, dit Pâris. Il n'a jamais vu la vraie statue du héros.

— Non, marmonna Achille sur un ton honteux.

— C'était vraiment un sale coup à lui faire, dit Pâris. Nous lui devons quelque chose en retour.

Achille hocha la tête.

Le Vengeur parvint enfin à se débarrasser du vieil homme, mais les deux guerriers se jetèrent sur le monstre au corps d'oiseau et le firent de nouveau chuter au sol. Le Vengeur projeta ses serres vers eux, tout en donnant des coups de bec, mais ses deux adversaires agirent finalement comme les héros qu'ils étaient censés être.

Ils posèrent enfin un genou sur chacune des ailes du Vengeur et l'oiseau cria sa haine.

— Vous irez chez Hadès pour ça ! cria-t-il.

— Vous alliez tout de même nous conduire auprès d'Hadès de toute façon, n'est-ce pas ? Une fois que nous vous aurions aidé à capturer Méthée, vous nous auriez trahis, n'est-ce pas ?

— Bien sûr, croassa le Vengeur. Bien sûr.

Il reposait ainsi sur le dos, impuissant, à regarder fixement le ciel. Puis ses yeux remarquèrent quelque chose.

Je me demandai pendant un moment si Méthée était assez stupide pour revenir vers nous. Je levai les yeux. Un ballon rayé rouge et blanc dérivait au-dessus du temple et Papa me fit un signe de la main depuis la nacelle.

— Nell! Le vent a changé! cria-t-il. Nous retournons à la cité d'East River! Nous serons libres avec tout cet argent!

Il jeta alors une corde vers le bas que j'agrippai avec mes deux mains. Je ne lui dis pas que l'argent n'était plus en notre possession, car il aurait pu me laisser tomber! Je le lui dirais plus tard.

Papa me hissa dans la nacelle et se retourna pour ajouter plus de paille dans le foyer. Le ballon bondit vers le ciel et nous emporta loin de cette sale cité dans les nuages propres qui reflétaient la lumière dorée du soleil levant.

Une créature munie de 50 têtes et de 100 bras nous dépassa, en route vers les étoiles.

— Au revoir, Hec! dis-je dans sa direction.

Il me fit un signe de la main avec chacun de ses bras. La tête numéro 35 prit la parole:

— Je m'en vais vers une planète que j'ai vue en venant ici… les habitants de cet endroit sont tous normaux. Ils ont TOUS 50 têtes! Et les filles sont magnifiques!

Et il disparut.

Papa leva les yeux.

— Un jour, nous serons tous capables de voler comme ça, dit-il. Aller où nous le voulons dans les airs, sans être poussés par le vent.

— Non, ça n'arrivera pas, me moquai-je. De toute façon, c'est bien plus amusant d'aller où le vent nous pousse. L'aventure est bien plus intéressante. Si les humains étaient destinés à voler, les dieux nous auraient donné des ailes.

Papa enfonça son haut-de-forme fermement sur sa tête tandis que le vent soufflait sur notre ballon en nous faisant foncer au-dessus de la rivière en direction du soleil.

— Un jour nous volerons, je te le dis. Je le sais. Fais-moi confiance, je suis docteur.

Je le regardai et éclatai de rire.

— Tu n'es pas docteur, Papa. Tu n'es pas docteur !

ÉPILOGUE

CITÉ D'ÉDEN – 1857

C'est la fin de mon histoire – l'histoire de ce qui m'est arrivé en 1795. Qu'est-ce qui s'est passé par la suite dans la vie d'Hélène de la cité d'Éden ? J'aurais besoin d'une douzaine de livres pour tout vous raconter. Mais laissez-moi tout de même vous faire part des détails qui ont un lien avec cette histoire…[40]

Vingt années ont passé avant que je remette les pieds dans la cité d'Éden. Cette période fut assez longue pour que les habitants de l'endroit aient oublié le forain et la fille qui leur avait escroqué leur argent.

Je m'y suis rendue pour une visite, et voilà que je suis de retour, 62 ans plus tard.

[40] Si vous voulez savoir ce qui est arrivé à Achille et à Pâris, vous n'avez qu'à feuilleter des livres de mythologie. Vous apprendrez qu'ils sont allés sur les Îles des Bienheureux… peut-être bien que Zeus a eu pitié d'eux. Ou peut-être que non. Pour Achille… oui, Achille… il s'est retrouvé avec sa vieille ennemie Hélène de Troie, dont le visage avait mobilisé 100 bateaux. La vie est étrange. Les mythes et légendes le sont davantage.

La cité a changé. Elle est plus sale et tordue que jamais avec ses usines qui vomissent dans l'air de la fumée violette qui se déploie comme un énorme parapluie.

Les Sauvages sont partis, tout comme les murs de bois de la cité. Les colons se sont déplacés vers les plaines. Ils ont utilisé leurs armes à feu pour chasser Ours qui court et son peuple dans les montagnes, où une poignée de gens vivent encore.

Méthée se serait blâmé pour ça, mais connaissant l'avidité humaine comme je la connais, je pense que rien n'aurait pu empêcher les vilaines personnes de la cité d'Éden de tendre la main et de prendre ce qu'ils voulaient pour eux.

Alors pourquoi est-ce que je souhaite demeurer dans cette cruelle cité délabrée ?

Je me suis souvenue que Méthée viendrait dans la cité pour sa première visite en 1858. J'ai décidé que je voulais le revoir encore, même s'il ne me reconnaîtra pas…, car il ne m'aura jamais rencontrée. Et de toute façon, je suis une vieille femme maintenant, pas la jeune fille qui l'a aidé à libérer une princesse.

Mais je suis vraiment allée au Temple du Héros un jour.

Je voulais voir qui était ce héros.

Le temple s'était détérioré et il était fort poussiéreux. Un écriteau décoloré disait : « Concierge demandé. Voyez le maire Mucklethrift. »

Je suis entrée dans le temple.

La statue était dressée sous son tissu en lambeaux. J'ai retiré le tissu qui couvrait le visage sculpté dans la pierre et j'ai regardé son visage.

J'ai été choquée. Et perplexe. Et heureuse. Et triste.

Je l'ai recouverte et me suis rendue à l'hôtel de ville.

J'ai obtenu l'emploi de concierge. C'était important pour moi.

Méthée reviendra dans le courant de l'année.

J'espère que je vivrai assez longtemps pour le revoir. Je sais qu'il n'arrivera pas à la fin de sa quête en 1858 parce qu'il est déjà venu ici et qu'il a échoué.

La réponse se trouve quelque part dans le passé. Les gens comme moi ne peuvent y retourner.

Mais je prie tous les dieux qui peuvent exister que Méthée trouve ce qu'il cherche.

Je sais qu'il y arrivera. J'en suis certaine.

Voici un avant-goût du premier chapitre du
VOLEUR DE FEU CONTRE-ATTAQUE,
le troisième et dernier tome de la saisissante
trilogie du *Voleur de Feu*.

GRÈCE ANTIQUE –
MAIS JE NE SAIS PAS QUAND EXACTEMENT

La première partie de mon récit est tirée d'un livre de mythologie. «Ah! direz-vous, les mythes et légendes ne sont que de vieux mensonges. Je veux connaître la VÉRITÉ». Eh bien, j'ai rencontré un de ces mythes et je sais que SON histoire est vraie! Alors pourquoi les autres mythes ne seraient-ils pas vrais? De toute façon, c'est le seul moyen de vous expliquer ce qui m'est arrivé quand je n'étais encore qu'un garçon. Et ça, C'EST VRAI, parce que j'étais là à l'époque. Commençons DONC par la Grèce antique et arrêtez de m'interrompre avec vos jérémiades à propos de la «vérité», voulez-vous?

— Que veux-tu, face de graisse? demanda le jeune dieu.

Il avait des ailes sur ses sandales, des ailes sur son casque et une baguette de bois autour de laquelle un serpent était enroulé. Même le serpent sembla choqué.

— Tu ne peux pas parler à ta mère sss-sur ce ton, Hermès!

— Oh toi, va donc changer de peau, espèce de reptile à queue de rat! répondit Hermès en polissant ses ongles sur sa tunique blanche.

— Tu regretteras d'avoir dit ça, siffla le serpent.

Couchée sur un divan doré, la déesse fronça les sourcils en regardant le dieu ailé. Elle était si belle qu'on pouvait à peine supporter de la regarder. Ses cheveux bruns tombaient en un nuage frisé sur ses épaules, mais elle n'utilisait jamais de bigoudis et presque jamais de teinture[41].

Si vous *aviez pu* supporter de la regarder, vous auriez vu que son visage était devenu rouge de colère et que ses lèvres laissaient voir ses dents brillantes. (Et elle n'avait jamais dû aller chez le dentiste.) D'une façon ou d'une autre, elle parvint à contenir son humeur.

— Je suis Héra, la reine des dieux, la femme du puissant Zeus, également dirigeant du monde. Parle-moi encore une fois sur ce ton et je te punirai comme aucun dieu n'a encore été puni, Hermès.

Ce dernier souffla sur ses ongles et esquissa un sourire chaleureux.

— Oh, arrête un peu, m'man. Tu ne puniras pas ton cher petit Hermès.

— Pourquoi pas ? cracha-t-elle.

— Parce que tu as *besoin* de moi ! Je suis le messager des dieux. Si *je* n'étais pas là pour faire tes commissions, *tu* devrais marcher d'ici jusqu'au Caucase et de Troie jusqu'à l'Atlantide simplement pour semer le trouble.

Elle plissa les yeux.

— Le trouble ?

— Oui. Tu *sais* que tu aimes semer le trouble parce que tu *t'ennuies*, n'est-ce pas, M'man ?

Elle souleva son beau menton et jeta un coup d'œil à travers la fenêtre du palais de marbre vers le lac plus bas et les montagnes au-delà.

— Semer le trouble, c'est mon travail. C'est ce que les dieux font.

41   Ses cheveux étaient dans une belle condition pour une femme âgée de plusieurs milliers d'années. En fait, elle n'a commencé à se teindre les cheveux qu'à l'âge de 5 000 ans. Elle était malgré tout une déesse plutôt malicieuse. Ce qui ne fait que confirmer l'adage : « Un teint vaut mieux que deux tu l'auras ! »

Hermès traversa le plancher de marbre luisant, ses sandales ailées voletant rapidement. Il se pencha au-dessus de la déesse.

— De toute façon, tu *dois* bien vouloir quelque chose, sinon tu ne *m'aurais pas* fait venir.

— Peut-être.

— Oh, ça va! Qu'est-ce qu'il y a? Tu veux que j'enlève une jeune fille humaine qui est tombée dans l'œil de Zeus? Ça ne serait pas la première fois.

Héra le regarda fixement, puis les traits de son visage s'adoucirent et elle versa presque une larme. Elle parla à voix basse.

— C'est plus sérieux que ça, Hermès. Zeus est parti.

Le dieu ailé rejeta la tête vers l'arrière et éclata de rire.

— Parti? Et puis après? Il traîne toujours quelque part, ce vieux bouc. Il reviendra. Il revient toujours à l'Olympe.

Héra réprima une larme.

— Pas cette fois, Hermès. Pas cette fois.

Elle regarda autour d'elle pour s'assurer qu'aucun domestique ne les écoutait ou observait la scène, et elle tendit la main sous le canapé. Elle en retira un rouleau de parchemin jaune et le déroula soigneusement. Hermès la regarda fixement. Il y avait un message sur ce parchemin, mais il n'avait pas été écrit avec l'encre et la plume habituels.

— Qu'est-ce que c'est que ça? demanda Hermès.

Même le serpent sur la baguette tendit le cou pour mieux voir.

Héra lui expliqua:

— Quelqu'un a pris un livre, a découpé des lettres et les a collées sur ce parchemin.

— Mais il a ruiné le livre! soupira Hermès.

Héra secoua la tête.

— Ça n'a rien à voir, espèce d'idiot. Ce qui compte, c'est le message qu'il a envoyé.

— Pourquoi ne pas avoir tout simplement écrit le message comme tout le monde ? demanda Hermès.

— Pour ne pas que nous sachions qui l'a envoyé ! dit Héra avec sagesse.

Hermès hocha la tête et lut le message.

Chère Héra,

J'ai kidnappé Zeus. J'ai coupé les tendons de ses poignets et de ses genoux. Il ne peut pas courir. Il ne peut pas lancer ses éclairs. Il est impuissant. Il est prisonnier dans la caverne de Delphyné. Je ne te dirai pas où il est à moins que tu ne m'apportes sa couronne afin que je puisse régner sur le monde. Tu as jusqu'au coucher du soleil pour m'obéir sans quoi Zeus perdra un œil, un bras ou un pied chaque jour avant de perdre la tête le dernier jour. Je suis sérieux. La couronne, ou ton petit mari y goûtera… et je ne parle pas de vacances en Crète.

Le kidnappeur secret – le Typhon

Hermès devint pâle comme ses plumes.

— Le Typhon ? La créature la plus affreuse du monde entier ! Et voilà qu'il régnera sur le monde.

— Pas si tu parviens à libérer Zeus, dit doucement Héra.

— Pas si je parviens à libérer Zeus, acquiesça Hermès.

Il avala difficilement sa propre salive.

— *MOI ?* dit-il d'une voix rauque. C'est un travail pour un héros – Héraclès ou Prométhée. Quelqu'un qui ne voit pas d'objection à se faire cracher du feu sur le corps par une centaine de têtes de dragon. Je suis un messager, M'man ! Pourquoi devrais-*je* y aller ? Pourquoi quelqu'un d'autre ne peut-il pas sauver Zeus ?

Héra agrippa son fils par le devant de sa tunique.

— Ne parle pas si fort. Écoute. Tout le monde déteste Zeus…

— Enfin, je ne dirais pas que tout le monde le déteste, M'man. Je sais que c'est *ton* cas…

— Si Hadès des Enfers a vent de cet enlèvement, il montera ici aussi vite qu'un des éclairs de ton père. Il a toujours voulu régner sur la Terre. Et Poséidon dans la mer sauterait comme un dauphin pour avoir cette chance. Nous avons déjà dû réprimer la révolte des Géants…

— Ces brutes affreuses… acquiesça Hermès. Leur mère, Gaïa, était furieuse !

Héra hocha rapidement la tête.

— Et c'est pourquoi Gaïa créa le Typhon : pour se venger.

Elle agita la lettre sous le nez d'Hermès.

— C'est ça.

— Mais tu ne m'as toujours pas dit pourquoi je devais aller à la rencontre du Typhon, M'man. C'est un monstre.

— C'est un demi-homme, dit Héra en haussant les épaules.

— Oh oui ! dit Hermès d'une voix rauque. Ce n'est pas la moitié humaine qui m'inquiète ! C'est la moitié des 100 têtes de dragon qui crachent du feu sous ses bras et les serpents qui entourent ses jambes !

— Rien de mal avec les sss-serpents, siffla le serpent d'Hermès.

— Oh si ! Surtout quand on sait qu'ils peuvent s'étirer de façon à pouvoir rejoindre sa tête – et qu'il est aussi grand que ce palais ! gémit Hermès.

— Je sss-uis désolé !

— Chacune de ces têtes de dragon crache du feu, expliqua Héra. Il peut faire chauffer des pierres avec son souffle et ensuite les lancer vers toi.

Le serpent soupira.

— Je ne suis pas capable de faire ça.

Héra se tourna vers Hermès.

— Tu es le seul en qui je peux avoir confiance. Si Poséidon ou Hadès prennent le contrôle de l'Olympe, ils te détruiront.

— *Moi ?* Qu'est-ce que *j'*ai fait ? Je ne suis qu'un pauvre petit messager des dieux. Je n'ai jamais fait de mal à personne. Pas à un seul dieu, pleurnicha Hermès.

— Tu es le fils de Zeus et c'est suffisant, expliqua Héra. Ils t'écraseront ou ils t'enfermeront dans les Enfers d'Hadès pour toujours.

Hermès frissonna.

— Mais comment un petit imbécile âgé à plumes comme moi pourrait-il espérer battre un démon cracheur de feu aidé de serpents hargneux comme le Typhon ?

Héra s'étendit sur son canapé et réfléchit.

— Tu dois d'abord retrouver ton père…

— Mais le Typhon dit dans le message qu'il ne dira pas où Zeus est caché.

— Le message dit aussi que Zeus est prisonnier dans la caverne de Delphyné. Le Typhon n'est pas très intelligent.

Hermès sembla malheureux.

— N'y a-t-il pas de héros assez brave pour combattre le Typhon ? Quelqu'un qui pourrait se battre avec le monstre pendant que je me glisse dans la caverne ?

Héra secoua la tête.

— Lorsque le Typhon apparut pour la première fois, les dieux s'enfuirent tous en Égypte ou se transformèrent en animaux.

— Des poules, marmonna Hermès.

— Oui. Des poules mouillées, mais aussi des lapins ou des canards, acquiesça Héra. Seul Prométhée aurait été assez courageux pour s'attaquer au Typhon.

— Même Prométhée se cache, soupira Hermès.

— Oh, mais il ne se cache pas du Typhon ! dit Héra. Il a volé le feu des dieux et l'a donné aux humains. C'est le Vengeur aux ailes d'aigle qui le pourchasse.

— Ne pouvons-nous pas le ramener ici ? Lui offrir de se faire pardonner s'il sauve Zeus ?

Héra secoua la tête.

— Il a voyagé dans le temps – il est à des milliers d'années dans le futur. Si le Vengeur ne parvient pas à le retrouver, alors nous n'avons aucune chance. Seul Zeus pourrait traquer Prométhée… et Zeus est prisonnier du Typhon. C'est ton travail. Tu es le fils de Zeus.

Hermès gonfla ses joues et souffla.

— Et un fils doit faire ce qu'un fils doit faire. Je vais aller chercher mes cartes, dit-il en voletant tristement hors de la grande salle de marbre.

Le dieu Prométhée volait lui aussi, loin, très loin dans la galaxie des étoiles. Un monstre étrange volait à ses côtés. Un monstre avec 50 têtes au sommet de son corps carré et une centaine de bras – 50 de chaque côté. C'était le gardien des portes des Enfers – Hécatonchire – et il s'évadait.

Les deux figures mythologiques ralentirent en atteignant un soleil ambre et se dirigèrent vers une planète aux herbes bleues et aux mers vertes.

— Nous y sommes, Hec, dit Prométhée après avoir fait une descente en piqué vers un village de cette planète. C'est ta planète d'origine.

La tête numéro 35 avala une larme.

— De retour à la maison, dit-elle. Le plus joli mot jamais inventé.

— À l'exception du mot «joli», argumenta la tête numéro 27.

La tête numéro 35 l'ignora.

— Une planète où tous les habitants ont 50 têtes et 100 bras.

Ils planèrent dans les nuages.

— Je suis sûr que tu seras très heureux ici, dit Prométhée.

— Oh, certainement! dit la tête numéro 35. Tu pourrais même vivre ici, Méthée. Le Vengeur ne te trouvera jamais ici.

— Je ne me sentirais pas vraiment à l'aise, dit le héros demi-dieu en soupirant. Je serais traité comme un monstre.

— Enfin, je suppose que c'est ce que tu es – avec seulement une tête et deux jambes. Tu es un peu étrange.

— Je te remercie, murmura Prométhée.

Le grand Hec hocha ses 50 têtes.

— Mais je sais ce que tu veux dire. C'était comme ça pour moi sur la Terre. Les gens me traitaient comme si j'étais un étrange extra-terrestre. Moi! J'estime que ce sont eux, les gens étranges!

— Je ne sais pas pourquoi tu dis ça.

— Parce que j'ai 100 bras! cria Hécatonchire. Même vos araignées n'ont que huit bras, et quant à vos mille-pattes…

— Oui, Hec. Je suis heureux que tu aies trouvé une planète remplie de membres de ton espèce, dit Méthée en regardant tristement vers le sol.

— Tu trouveras toi aussi un endroit qui sera ta maison quelque part, Méthée, dit la tête numéro 49. Mais j'ai l'impression que ce sera sur la Terre. Tout ce que tu as à faire est de trouver un héros humain, et Zeus te rendra ta liberté.

— Je sais, dit Méthée en hochant sa tête unique. Je suis allé à cet endroit qu'ils nomment la cité d'Éden. Je l'ai maintenant visité deux fois. Je suis sûr que la réponse s'y trouve quelque part. Je m'y suis rendu en 1858 et de nouveau en 1795. Peut-être que si j'y retournais un peu plus tôt… disons 10 ans plus tôt.

— C'est en 1785! lui dit Hécatonchire[42].

---

42   Hécatonchire était très fort en calcul, car il avait une centaine de mains et cinq fois plus de doigts. Il pouvait compter jusqu'à… euh… pas mal loin! Puis il pouvait compter encore davantage en utilisant ses orteils, c'est-à-dire compter pas-mal-loin-plus-dix.

— Alors, c'est en 1785 que j'irai, dit Méthée en donnant une tape dans le dos du monstre aux 100 bras. Au revoir, mon ami. J'espère que tu trouveras le bonheur. Pardonne-moi si je ne te serre pas la main.

Il éclata de rire.

— Ça prendrait bien trop de temps !

Hécatonchire se laissa dériver vers la planète verte et bleue et agita 100 mains en guise d'adieu.

Méthée remonta en flèche vers la limite de l'univers et tourna à gauche de l'étoile la plus éloignée. De cette façon, il reviendrait sur Terre 10 ans plus tôt que lors de son dernier séjour en 1795.

Il dépassa des météores et des comètes dans le vide de l'espace en direction d'une petite planète qui n'était pas verte et bleue comme celle d'Hécatonchire, mais plutôt bleue et verte.

— La maison, cria-t-il. Un joli mot.

Mais tandis qu'il se hâtait vers le côté de la Terre où le soleil se couchait, le dieu constata qu'il y avait un mot encore plus beau que « maison ».

C'était le mot « espoir ».

GLOSSAIRE

Achille : guerrier puissant et sans peur qui combattit dans la guerre grecque contre les Troyens. Dans son enfance, sa mère le plongea dans la rivière Styx, ce qui le rendit invulnérable, à l'exception du talon par lequel elle l'avait tenu.

Hécatonchire : monstre grec géant d'une force et d'une férocité incroyables. Il avait 100 bras et 50 têtes.

Hélène : reine de Sparte. Elle était d'une telle beauté que les hommes partaient en guerre pour être à ses côtés. Elle fut enlevée par Pâris, ce qui déclencha la guerre de Troie.

Héra : reine des déités de l'Olympe. Elle était la fille de Cronos et de Rhéa, et la femme et la sœur de Zeus. On a principalement vénéré Héra en tant que déesse du mariage et des naissances.

Hermès : fils de Zeus et messager des dieux. Il était de son devoir de guider les âmes des morts vers les Enfers.

Pâris : prince de Troie. Il enleva Hélène, reine de Sparte, ce qui déclencha la guerre de Troie.

Polyxène : belle princesse troyenne, plus jeune fille du roi Priam.

Prométhée : Titan qui vola le feu de Zeus et des dieux. Pour le punir, Zeus ordonna qu'il soit enchaîné au Caucase pour l'éternité. Là, un aigle viendrait manger son foie chaque jour, et ce foie se régénérerait chaque fois, rendant ainsi le châtiment éternel.

Troie : ville légendaire pendant la période de la Grèce antique. C'est là que se déroula la guerre de Troie qui dura de nombreuses années.

Vengeur (Le) : aigle ayant reçu des pouvoirs des dieux. Zeus lui ordonna d'arracher le foie de Prométhée chaque jour.

Zeus : fils cadet de Cronos et de Rhéa, il était le chef suprême de l'Olympe et du panthéon des dieux qui y résidaient. Il faisait respecter la loi, la justice et les mœurs, et était le chef spirituel des dieux et des hommes.